古典詩歌研究彙刊

第二九輯

龔鵬程　主編

第 1 冊

魏晉南北朝楚辭學研究（上）

李玉婉　著

國家圖書館出版品預行編目資料

魏晉南北朝楚辭學研究（上）／李玉婉 著 -- 初版 -- 新北市：
花木蘭文化事業有限公司，2021〔民110〕
目 4+158 面；17×24 公分
（古典詩歌研究彙刊 第二九輯；第 1 冊）
ISBN 978-986-518-319-6（精裝）
1. 楚辭 2. 六朝文學 3. 研究考訂
820.91   110000258

ISBN-978-986-518-319-6

9 789865 183196

古典詩歌研究彙刊
第二九輯　第 一 冊   ISBN：978-986-518-319-6

魏晉南北朝楚辭學研究（上）

作　　者　李玉婉
主　　編　龔鵬程
總 編 輯　杜潔祥
副總編輯　楊嘉樂
編　　輯　許郁翎、張雅淋　美術編輯　陳逸婷
出　　版　花木蘭文化事業有限公司
發 行 人　高小娟
聯絡地址　235 新北市中和區中安街七二號十三樓
　　　　　電話：02-2923-1455 ／傳真：02-2923-1452
網　　址　http://www.huamulan.tw 信箱 service@huamulans.com
印　　刷　普羅文化出版廣告事業
初　　版　2021 年 3 月
全書字數　224116 字
定　　價　第二九輯共 12 冊（精裝）新台幣 25,000 元

魏晉南北朝楚辭學研究（上）

李玉婉 著

作者簡介

李玉婉，北京語言大學古代文學博士，研究方向為先秦兩漢魏晉南北朝文學和文獻，師從方銘教授。出版專著《香草美人的前世今生——屈原與楚辭》《明年春色倍還人——經典詩詞解析》，參與編寫《中華傳統文化》《全國中小學生教育讀本——中華優秀傳統文化》《中國傳統文化通識教材》《中國文學史（先秦秦漢卷）》等。

提　　要

　　魏晉南北朝時期楚辭學研究以魏晉南北朝為研究時間範圍，從郭璞《楚辭注》及其他注本、屈原評價、《楚辭》評價、楚辭體詩以及楚辭體賦五個部分來探索研究。

　　本書對楚辭體概念進行了探討及界定，並明晰了楚辭體的體式特徵，進而明確了魏晉南北朝楚辭學的研究範圍。本時期楚辭注本大部分已亡逸，得益於郭璞其他注本流傳，由近現代學者從鉤沉的角度搜集而成郭璞《楚辭注》。在前人工作的方法指導下，本書搜集了 29 條內容以作補充，並從校勘價值以及以神話解《楚辭》的思想價值方向對郭璞直接闡釋《楚辭》進行了探究。

　　魏晉南北朝時期文人大部分對屈原遭遇充滿了同情，而對屈原忠貞之志的頌揚減弱。從隱逸角度來評價屈原成為社會潮流，對於屈原的自沉更多是反對態度。「屈伍」與「屈賈」的並稱是這個時候的隱性評價，他們成為忠貞與不遇的符號化形象。對《楚辭》評價方面，「誦騷」的社會風氣成為風尚，對《楚辭》的關注出現了從「矩式周人」到「乖乎風雅」批評角度的變化；文人對「騷」和「賦」關係有了辨析；「兮」字的功能逐步明確，《楚辭》是「五言之濫觴」的評價以及聲律角度評價也凸顯出了時代特徵。

　　楚辭體詩主要繼承了「三兮三」「二兮二」「三兮二」的楚辭體句式。曹植、嵇康、傅玄、夏侯湛、江淹等作家在楚辭體詩的創作上展現了生機與活力。楚辭體賦出現了「三Ｘ二兮，三Ｘ二」句式的大量使用，但隨著「賦的詩化」現象，楚辭體詩的句式也出現在賦中。楚辭體賦創作繁榮：建安的王粲、曹植等典型楚辭體作家的大量創作，呈現出楚騷複歸的局面；嵇康、阮籍的模擬創作，在詠物和求女的題材上進一步深入；兩晉南北朝時期，以潘岳、左芬、陶淵明、江淹等為代表的作家在悼亡離別、出仕不遇等情感的抒發上皆有創新。

　　魏晉南北朝時期楚辭學資料紛雜，本書收錄郭璞《楚辭注》鉤輯內容表、魏晉南北朝楚辭學評論資料以及魏晉南北朝楚辭體詩賦的作家作品名，為楚辭學研究提供資料參考，方便後人研究。

目次

下　冊

緒　論

　　魏晉南北朝時期的楚辭學是中國楚辭學發展低谷階段。周建忠《楚辭與楚辭學》中認為，古代楚辭學史可以分為三個階段，即以漢代為主，以王逸《楚辭章句》為代表的章句訓釋為特徵的漢唐階段；以宋代為主，以洪興祖《楚辭補注》、朱熹《楚辭集注》為代表的義理探求為特徵的宋元階段；還有各逞新說的明清階段。〔註1〕周建忠先生劃分的這三個階段可謂是楚辭研究的高峰期，而如魏晉南北朝時期的楚辭研究少有人涉及。究其原因，與魏晉南北朝時期的楚辭資料匱乏、沒有集中的楚辭論述、研究者較少有關。本書著眼於魏晉南北朝時期，以楚辭學為研究內容，試圖較為全面地闡釋魏晉南北朝時期的楚辭學，為整個楚辭學研究中的薄弱環節添入一些內容。

一、楚辭學構成及魏晉南北朝楚辭學研究對象

　　對於什麼是楚辭學，游國恩《楚辭概論》將楚辭研究分為訓詁、義理、考據、音韻四類；姜亮夫《楚辭書目五種》中分為輯注、考證、音義、論評四類。

　　褚斌杰先生在《屈原研究》序中說道：「屈原研究，或云屈學或楚

〔註 1〕周建忠：《楚辭與楚辭學》，《雲夢學刊》，2004 年第 1 期。

辭學，是一門古老的學科，從漢代劉向、司馬遷、班固、揚雄、王逸算起，延續至今已有兩千多年的歷史。……一直是中國文學研究的『熱點』，學術史上的『顯學』。」〔註2〕他引用羅曼《關於楚辭學科建設的思考》中分類，認為可以劃分為楚辭考古學、楚辭神話學、楚辭宗教學、楚辭民俗學、楚辭地理學、楚辭辨偽學、楚辭文化學、楚辭作家學、楚辭藝術評論學、楚辭藝術心理學、楚辭譯注學、楚辭接受學、楚辭傳播學、楚辭博物學和楚辭改編學等 15 類。〔註3〕顯然褚斌杰先生從跨學科領域來確定楚辭學研究的範圍。楚辭學研究在中國 20 世紀 80 年代以前分類較少，之後就趨於細緻化，同時不同學科的交叉研究也是楚辭學中愈來愈熱門的課題。

對於楚辭學研究包括的具體研究內容，周建忠先生給出了一個較為明確的劃分，他認為「楚辭學」應包括四個方面：《楚辭》作者生平、思想研究；《楚辭》作品的詮釋與研究；騷體文學發展狀況研究；《楚辭》研究史研究。〔註4〕

他之所以如此劃分，是因為首先，文學上兩種力量的碰撞，即屈原抒情模式和後代作家對屈賦傳統的繼承和擴張；其次是學術上兩種類型的交叉，即歷代注騷者往往擬騷，楚辭，不僅是開展研究的對象，也是再現研究成果的載體；再次民俗上兩種內涵的滲透，即端午佳節的驅邪避災的文化含義與紀念屈原重合；最後，再現上兩種形式的張揚，即以屈原生平和楚辭作品為題材的藝術作品與楚辭本體的相互映襯。〔註5〕

本書基於周建忠先生的定義，結合魏晉南北朝楚辭發展的狀況，從以下五個方面來展開此時期楚辭學的研究，即楚辭專著類研究、屈

〔註 2〕褚斌杰：《屈原研究》，武漢：湖北教育出版社，2003 年 8 月版，第 1 頁。
〔註 3〕褚斌杰：《屈原研究》，武漢：湖北教育出版社，2003 年 8 月版，第 5 頁。
〔註 4〕周建忠：《楚辭與楚辭學》，《雲夢學刊》，2004 年 1 期。
〔註 5〕周建忠：《楚辭與楚辭學》，《雲夢學刊》，2004 年 1 期。

原評價研究、《楚辭》評價研究、楚辭體詩研究、楚辭體賦研究。

第一部分是以郭璞《楚辭注》為主的魏晉南北朝楚辭注本研究。

作為楚辭學研究的一部分，魏晉南北朝時期《楚辭》專著類研究流傳下來的較少。社會的變亂動盪，思想界玄學、佛教的興起，訓詁領域也出現了偏重於闡發義理和保持漢代訓詁的經學傳統兩個不同的風格。對於《楚辭》的研究，卻少之又少。

《隋書‧經籍志》著錄與《楚辭》有關者：《楚辭》十二卷並目錄，後漢校書郎王逸注。《楚辭》三卷，郭璞注。梁《楚辭》十一卷，宋何偃刪王逸注。《參解楚辭》七卷，皇甫遵訓撰。《楚辭音》一卷，徐邈撰。《楚辭音》一卷，宋處士諸葛氏撰。《楚辭音》一卷，孟奧撰。《楚辭音》一卷。《楚辭音》一卷，釋道騫撰。《離騷草木疏》二卷，劉杳撰。

從《隋書‧經籍志》的著錄中可以窺見，這個時期的楚辭研究集中在注解與音義方面，由於大部分典籍已逸失，故難知全貌。但郭璞《楚辭注》歷經近現代學人的鉤沉，展現了部分面貌。本書沿用前人方法，繼續對《楚辭注》鉤輯，得以窺見郭璞《楚辭注》的部分內容，總結其注釋方法，並探索郭璞注《楚辭》的觀點和特色。而對於其他類有存目的專著，本書也進行了梳理和總結。所以魏晉南北朝時期的楚辭專著研究主要集中在郭璞《楚辭注》上。

第二部分是魏晉南北朝屈原的評價研究。

魏晉南北朝時期對屈原品格、精神與行為的評價是零散地記錄在此時的詩、賦、文中的。三國魏時期，主要集中於對屈原遭遇的同情。曹操《與孔融書》、杜恕《聽察》、李康《運命論》皆有提及。兩晉時期，劉毅《上書請罷中正除九品》、華譚《對別駕陳總詞》、孫惠《諫齊王冏》、等在闡述賢才不得重用的道理中，都以屈原為例。又有謝萬《八賢論》以隱顯論賢人，列屈原為八賢之一。後有郭璞關注屈原高潔的人格，傅玄等，贊屈原直臣之志。至於葛洪、陶淵明，對屈原君子人格與忠貞之志的讚揚，以及對屈原生命悲劇的痛惜都融合於評價之中。

到了南北朝，對屈原作品的關注多於對屈原個人情志的評價，

除了與前人相同的對屈原品質的讚揚外，也有北齊顏之推這樣對屈原露才揚己的批評。

總體說來，對屈原的評價集中在魏晉時期，以對屈原遭遇的同情、對屈原忠貞之志的讚揚以及對屈原高潔品格的敬仰為主。

第三部分是魏晉南北朝時期對《楚辭》的評價研究。

魏晉時期，從曹丕《典論·論文》、皇甫謐《三都賦序》，到摯虞《文章流別論》，這些文學理論的提出，發以文學研究的角度評《楚辭》的先聲。

到了南北朝時期，沈約在《宋書·謝靈運傳》中闡發文藝思想、在《答陸厥書》中探討文學之聲韻。鍾嶸《詩品》，談文學之觀，評作家優劣，自成體系。更有劉勰《文心雕龍》體大精深，達文學批評之高峰。裴子野《雕蟲論》、蕭統《文選序》、蕭繹《與湘東王書》等等，文學批評達到空前的繁榮。

魏晉南北朝文人對《楚辭》的評價涉及方方面面，同時呈現出批評家個人的特色。但除了劉勰《辨騷》單獨成篇，其他的《楚辭》批評散落於上述文學著作中。近現代學者在研究楚辭批評時，通常以此時期個人理論著作為出發點，探索魏晉南北朝時期文人對《楚辭》的評價。本書試圖打破這種專人專著的模式，以《楚辭》評價中的熱點問題為出發點，從歷時性角度，探索魏晉到南北朝的《楚辭》評價，試圖尋找他們對《楚辭》關注的焦點問題以及文人觀點的繼承脈絡。

在探索完魏晉南北朝時期文人對屈原和《楚辭》的看法之後，較引人注目的是，他們在這種觀點下進行的楚辭體創作。楚辭體（又稱騷體）文學是楚辭學中不可或缺的一部分。從文人直接模擬楚辭的創作中，是可以很直觀地看待他們理解中的屈原以及《楚辭》，更能看見楚辭在魏晉南北朝時期產生的影響。

第四和第五部分是對魏晉南北朝楚辭體詩和楚辭體賦的研究。

在這兩部分，本書共輯錄了楚辭體作家 88 人，楚辭體作品 259 篇，分別從楚辭體詩和賦的角度，探索這些作品對《楚辭》的體式模擬

以及對屈原精神的繼承，從而看從魏晉到南北朝，楚辭學中楚辭體創作的整體面貌。

二、楚辭體的標誌及特徵

　　魏晉南北朝楚辭體文學大致以分楚辭體詩和楚辭體賦的形式存在。在研究之前，有必要將楚辭體的標誌和特徵闡釋清楚，以便於更好地定義楚辭體文學的範疇。

　　戰國時代楚國偉大文學家屈原創作出磅礡宏偉的《離騷》《九歌》《天問》《九章》《遠遊》《卜居》和《漁父》共二十五篇，之後，宋玉祖於屈原，創作《九辯》《招魂》。自此「奇文鬱起」，而後「衣被詞人非一代也」。以屈宋作品為原點，後世對於他們的模擬綿延不絕。東漢王逸在劉向收集的基礎上編撰《楚辭章句》。除了屈宋的作品，還有賈誼、淮南小山、東方朔、王褒、劉向、嚴忌以及王逸的作品。

　　對於「楚辭」的內涵，業師方銘先生以為「楚辭」的意思即是「楚詩」「楚歌」，因此「楚辭」代表了「詩」的一個流派，或者說「楚辭」是一種具有地方特色的「詩」。「楚辭」就被稱為「辭」。這是一種詩歌的樣式。以後，漢代文人的模擬作品也被納入了「楚辭」行列。〔註6〕楚辭發源於詩歌，是詩的一個流派。但在屈原以後，隨著對屈原作品的模擬，出現了「賦」的概念。方銘師認為「宋玉等人是賦作品的開創者，同時，他們也是重要的楚辭作家。他們的作品是楚辭通向賦的重要階梯。」〔註7〕先生認為有「似賦之楚辭」的存在：「宋玉之後，楚國滅亡，真正意義上的楚辭作品不再存在，所以又可以把《九辯》《招魂》和《大招》看作是最後的楚辭作品。」〔註8〕

　　《楚辭章句》中既有屈宋嚴格意義上的楚辭作品，也有後世的模擬之作。所以是屈原及假託屈原作品的全集。他們的創作是遵循著一

〔註6〕以上歸納自：方銘，《戰國文學史論》，北京：商務印書館，2008年，第416～417頁。

〔註7〕方銘：《戰國文學史論》，北京：商務印書館，2008年，第478頁。

〔註8〕方銘：《戰國文學史論》，北京：商務印書館，2008年，第496頁。

定的規律，因為具有一樣的特徵而被編排在一起的。在《楚辭章句》所錄的作品中，從體式上來講，具有固定的規律。

顧炎武《日知錄》：「《三百篇》之不能不降而《楚辭》，《楚辭》之不能不降漢魏，漢魏之不能不降而六朝，六朝之不能不降而唐也，勢也。」〔註9〕正因為有這種繼承與發展的「勢」，楚辭才成為辭章之祖，光耀後世文學；後代文學也是借著這個「勢」，融入了楚辭元素，異彩紛呈地綻放各種魅力。謝无量《楚詞新論》中說：「《離騷》流傳以後，許多文人擬作，楚辭也就成為一種特別的文體。」〔註10〕游國恩先生《楚辭概論》（1926年）中將楚辭視作一個運動、發展的體系而加以研究，他論述了楚辭對漢賦、騈文和七言詩等各種文學題材的影響和開啟作用，其中更有《楚辭的餘響》一章，對賈誼、莊忌、東方朔、王褒等漢人的楚辭作品進行分析。褚斌杰先生說：「每一種文體，固然有它的規範性和穩定性，但在歷史發展中，它不斷變化、更新和擴大。因此，每一種文體都處在穩定和變革，規範和反規範之中，這就是在文體史上經常出現所謂『變體』的原因。『變體』或屬某個作家的偶而嘗試，或屬於新體萌芽，總之，文體的發展會給文體分類不斷提出新的課題。」〔註11〕

楚辭原本是詩歌的一種樣式，但經後人不斷地模擬創作，並且顯現出獨特的特徵，所以，後世模擬楚辭的作品其實是楚辭的變體，原本具有詩歌屬性的楚辭經後人改造，成了一種獨特的文學樣式，它源自於詩歌，但最終又自成一體。所以楚辭體可以指從屈宋到後人模擬時所遵循有共同規律的文體。

本書選擇「楚辭體」來表述後世作家對屈宋作品的模擬，而非「騷體」。雖然楚辭體又稱騷體，這二者的內涵是一致的。如郭建勳《漢魏

〔註 9〕 （明）顧炎武著，黃汝成集釋，欒保群、呂宗力點校：《日知錄集釋：全校本》，上海：上海古籍出版社，2006年，第294頁。
〔註10〕 謝无量：《楚詞新論》，北京：商務印書館，1923年。
〔註11〕 褚斌杰：《中國古代文體概論》（增訂本），北京：北京大學出版社，1990年，第485頁。

六朝楚辭體文學研究》開篇即說「本文所言之『騷體』，也即『楚辭體』」。但本書通篇以「楚辭體」稱呼模擬屈宋作品的體式，原因如下：

第一，「楚辭體」中「楚辭」二字有較為廣闊的含義，它關注的到了屈宋作品以外的擬作，「楚辭體」之「騷」雖然指代的是楚辭，但是容易產生範疇較為狹窄的印象。

第二，「楚辭體」具有較為動態的發展觀的呈現，即從屈原《離騷》及其他二十四部作品，到宋玉的創作，再到兩漢文人的模擬之作，以至於發展到後世，呈現了這一文體的連貫性，在名稱上較能給人以整體感，不至於探究「楚辭體」到底是模擬了《離騷》還是其他屈原作品，雖然學界在「騷」的概念上已經沒有爭議，但若能以更為直觀的陳述表達出來，本書以為較為恰當。

郭建勳在他的《漢魏六朝騷體文學研究》中定義「漢魏六朝騷體文學」為：「它是指漢魏六朝以屈宋辭作為範式、以『兮』字句為表徵的作品及其變異形態的作品。具體說來，它包括屈宋以後至隋以前這以歷史階段中所有的仿騷體作品，以『賦』名篇的騷體作品（楚辭體賦）、楚歌體作品（楚歌詩）；也因包括因文體賦與五、七言詩等其他文體的滲透而產生形制上的變異，但騷體句仍然佔有重要地位的作品。」〔註12〕郭先生對於騷體文學的研究是具有開創性的，在這本以他博士論文為底稿而成的書中，他詳細地對騷體進行了界定，考辨了騷體的形成、流傳與稱謂，總結了騷體的形式特徵，對於「辭」和賦的關係也都進行了深入發掘。他對於騷體文學的定義是科學可信的，本書在討論楚辭體詩和楚辭體賦之前，尤其需要對「騷體」或者楚辭體的標誌與特徵進行界定，以便更好地認定屈宋以後的楚辭體文學範疇。

至於楚辭體的標誌，由於楚辭體文學是對屈原作品的模仿，所遵循的範式當以含「兮」字為特徵。

〔註12〕郭建勳：《漢魏六朝騷體文學研究》，湖南：湖南教育出版社，1997 年，第 46～47 頁。

（一）以「兮」字的使用為標誌

王國維《屈子文學之精神》中說到《楚辭》：「變《三百篇》之體而為長句，變短什而為長篇，於是感情之發表，更為宛轉矣。」〔註13〕由於「兮」字的出現，屈原辭作中呈現了整齊完整的句式結構，而在篇章上，楚辭更加闊大宏偉。劉獻廷在《離騷講經錄》中說到：「然其一唱三歎，重見側出，斷亂無端，抑揚婉轉之妙，《離騷》一書盡矣。」〔註14〕楚辭體文學的「一唱三歎」「抑揚婉轉」不僅因其思想、情感而發，也從句式中體現。對於楚辭體「兮」為標誌，已是學界共識，本書不再贅述。

（二）楚辭體句式特徵

關於楚辭體句式的探討，近現代學者有頗多研究。

褚斌杰先生認為「在句式上，屈原的『楚辭』作品，打破了《詩經》的四言體，而代之以參差錯落，更為靈活、自由的句式。如《離騷》和《九章》基本上是六字句，《九歌》的句式則更為多樣，除六字句外，往往還用大量的五、七字句。這種句式上的擴充和變化，明顯地增強了詩歌語言的容量和表現力。」〔註15〕

郭建勳總結出了三種典型的楚辭體文學的句型：第一種為「○○○○，○○○○兮」型，如「后皇嘉樹，桔來服兮。」（《橘頌》）；第二種為「○○○兮○○○」型，如「采三秀兮於山間，石磊磊兮葛蔓蔓」（《山鬼》），而這種句型下又有A句式「○○○兮○○」和B句式「○○兮○○」；第三種為「○○○○○○兮，○○○○○○」型，如「帝高陽之苗裔兮，朕皇考曰伯庸」（《離騷》）。〔註16〕

〔註13〕 王國維：《靜庵文集》，遼寧：遼寧教育出版社，1997年版，第173頁。

〔註14〕 （清）劉獻廷著：《離騷講經錄・離騷總論》，楊金鼎主編：《楚辭評論資料選》，武漢：湖北人民出版社，1985年，第157頁。

〔註15〕 褚斌杰：《中國古代文體概論》（增訂本），北京：北京大學出版社，1990年，第61頁。

〔註16〕 郭建勳：《漢魏六朝騷體文學研究》，湖南：湖南教育出版社，1997年，第39～42頁。

　　黃鳳顯先生在他的《屈辭體研究》中十分細緻全面地對屈辭的語言、句式、節奏和韻律等做了深入探索。在《句式》一節中，他認為屈辭作為「一種整散有致而交叉錯落的雜言詩句」，在字數和詩句結構上是「整齊」的。在字數上，有《離騷》《九章》《遠遊》中大量運用的「○○○○○兮，○○○○○」句式，有《橘頌》和《涉江》《哀郢》等篇的「亂曰」運用了「○○○○，○○○兮句式」，有《九歌》中運用的「○○○兮○○」「○○○兮○○○」「○○兮○○」三種句式。而在結構方式上，出現了一些共同的組合特徵，即每句句首多為一個三字結構，如在「○○○○○兮，○○○○○」中，《離騷》「覽木根以結茝兮，貫薜荔之落蕊。矯菌桂以紉蕙兮，索胡繩之纚纚」，出現了三字結構和二字結構的組合。〔註17〕黃先生在劃分了楚辭體的結構的同時，更注意到了三字結構和二字結構的不同組合而帶了楚辭體句式的差別。他從屈辭語言節奏角度，把語詞節奏的常式歸為五種類型。這一點，在葛曉音先生的《從〈離騷〉和〈九歌〉的節奏結構看楚辭體的成因》中得到了進　步的探索。

　　葛曉音先生以《離騷》和《九歌》為研究對象，引入古人就已提出的「句腰」概念，她在前人研究的基礎上認為除了「兮」字以外，「之」「其」「以」「而」「於」「乎」「夫」「此」「與」等常見的虛字，它們處於詩句的「句腰」位置。而基於這些虛字把詩句分成不同的結構，而在所有的詩句中，基本上都是由三字音節組和二字音節組的排列組合而成。她用「三」代替三字音節組，「二」二字音節組，「Ｘ」代替句腰處的虛字，於是便有了「三Ｘ二」「三Ｘ三」「二Ｘ二」的三種主導結構。這三種主導結構能構成大部分的楚辭體句式。如：「帝高陽之苗裔兮，朕皇考曰伯庸」即是「三Ｘ二兮三Ｘ二」；「吉日兮辰良，穆將愉兮上皇」是「二Ｘ二，三Ｘ二」；「沅有芷兮澧有蘭，思公子兮未敢

〔註17〕　黃鳳顯：《屈辭體研究》，長沙：湖南人民出版社，1997 年，第 120～122 頁。

言。」是「三Ｘ三，三Ｘ三」等。而談及《離騷》中出現的七、八、九言長句時，葛先生認為這是由於某個單音節詞變成了雙音節詞而造成的，其實質仍是以那三種基本體式為本。〔註18〕葛先生將「兮」字歸屬於「Ｘ」，即虛字之列。

以上列諸位研究者用不同的方法總結了楚辭體句式結構的分類和特徵。不同學者對於楚辭體句式結構的著眼點不同，可以說是從「總體概括式」和「局部組合式」兩個角度。

本書在繼承葛曉音對楚辭體句式探討的基礎上，認為還可以進一步改進。她將句式結構分為三種小單元，即「三Ｘ二」「三Ｘ三」「二Ｘ二」，這樣更能明顯地看出後世模擬作家在句式結構上的改變或突破。由於葛曉音先生在做分類定義時，她把「兮」歸屬於「Ｘ」。「兮」為虛字之一，但此種分法忽略了「兮」字的獨特性。由於「兮」字在楚辭體文學是標誌性的，它應當獨立於其他句腰位置的虛字，因此本書特意把「兮」字獨立出來，這樣就能看到兩類作品句式的內在聯繫。所以本書在吸取葛曉音先生定義的基礎上，對楚辭體句式重新進行了釐定。

首先，對楚辭體句式基本元素本書重新定義，對楚辭句式研究的符號做如下判斷：

「二」指代二字音節組。

「三」指代三字音節組。

「Ｘ」指代除「兮」字以外的其他處於句腰位置的虛字。

「兮」為「兮」。

其次，楚辭體的三種句型。

在對屈原作品進行整體整理之後，主要出現了三種句式的出現。

一是以《離騷》句式為主要特徵的「三Ｘ二兮，三Ｘ二」句式，及其變體。

〔註18〕 葛曉音：《先秦漢魏六朝詩歌體式研究》，北京：北京大學出版社，2012年，第104～119頁。

楚辭體句式一

句式結構	例　句
三 X 二兮，三 X 二	帝高陽之苗裔兮，朕皇考曰伯庸。《離騷》 忘儇媚以背眾兮，待明君其知之。《惜誦》
二 X 二兮，二 X 二	名余曰正則兮，字余曰靈均。《離騷》
二 X 三兮，三 X 二	皇天之不純命兮，何百姓之震愆？《哀郢》
四 X 三兮，三 X 二	覽察草木其猶未得兮，豈珵美之能當？《離騷》
五 X 二兮，三 X 二	余雖好修姱以鞿羈兮，謇朝誶而夕替。《離騷》
五 X 二兮，三 X 三	靈氛既告余以吉占兮，歷吉日乎吾將行。《離騷》

　　這種句式最基礎的為「三 X 二兮，三 X 二」句式。而隨著虛字「X」左右的字數加減，形成了不同長度的句子，但是基本都沒有脫離這一句型結構。

　　大量使用這一典型的楚辭體句型，是楚辭體文學的一個重要現象。在《楚辭章句》中收錄的楚辭作品中，大部分採用這種句式的作品有：

　　《離騷》《九章・惜誦》《九章・涉江》《九章・哀郢》《九章・抽思》《九章・思美人》《九章・惜往日》《九章・悲回風》《遠遊》《九辯》《惜誓》《七諫・沉江》《七諫・怨世》《七諫・怨思》《七諫・自悲》《七諫・哀命》《七諫・謬諫》《哀時命》以及《九歎》共27篇。

　　第二種楚辭體句式是以「二兮二」「三兮二」「三兮三」的排列組合構成篇章，並出現了「兮」字左右字數擴充的現象。

楚辭體句式二

句式結構	例　句
二兮二，二兮二	成禮兮會鼓，傳芭兮代舞。《禮魂》
二兮二，三兮二	吉日兮辰良，穆將愉兮上皇。《東皇太一》 龍駕兮帝服，聊翱遊兮周章。《雲中君》
二兮二，三兮三	嫋嫋兮秋風，洞庭波兮木葉下。《湘夫人》
二兮二，三兮四	揚靈兮未極，女嬋媛兮為余太息！《湘君》

二兮四，三兮二	夫人兮自有美子，蓀何以兮愁苦？《少司命》
三兮二，三兮二	撫長劍兮玉珥，璆鏘鳴兮琳琅。《東皇太一》 浴蘭湯兮沐芳，華采衣兮若英。《雲中君》
三兮二，三兮三	靈何為兮水中？乘白黿兮逐文魚。《河伯》
三兮三，三兮三	沅有芷兮澧有蘭，思公子兮未敢言。《少司命》 若有人兮山之阿，被薜荔兮帶女蘿。《山鬼》
三兮三，三兮二	日將暮兮悵忘歸，惟極浦兮寤懷。《河伯》
三兮三，四兮三	杳冥冥兮羌晝晦，東風飄飄兮神靈雨。《山鬼》

這類句式直接以「兮」字連接三字音節組或者二字音組節。

在《楚辭章句》中收錄的楚辭作品中，大部分採用這種句式的作品有：《九歌》《招隱士》，《九懷》的九篇；《九思》的九篇。

第三種是四字或三字後加「兮」的句型。以《橘頌》「二二，三兮」最為典型，以及《懷沙》篇中，「二二兮，二二」也出現較多。

楚辭體句式三

句式結構	例　句
二二，三兮	后皇嘉樹，橘徠服兮。《橘頌》
二二兮，二二	陶陶孟夏兮，草木莽莽。《懷沙》
二二，二二些	蝮蛇蓁蓁，封狐千里些。《招魂》
二二兮，三Ｘ二	竊快中心兮，揚厥憑而不竢。《思美人》
二二兮，四Ｘ二	文質疏內兮，眾不知余之異彩。《懷沙》
三兮，二Ｘ二	思美人兮，覽涕而竚眙。《思美人》
二三兮，二三	往者余弗及兮，來者吾不聞。《遠遊》
五兮，三Ｘ二	思久故親身兮，因縞素而哭之。《惜往日》
二二，二二些	蝮蛇蓁蓁，封狐千里些。《招魂》

這一類句式，受楚歌、《詩經》四言影響比較明顯，相比較《鄭風·野有蔓草》《召南·摽有梅》《王風·采葛》等，這類句型可以大量尋找到軌跡。在《楚辭章句》中收錄的楚辭作品中，大部分採用這種句式的作品有：《九章·懷沙》《七諫·初放》《九懷·株昭》。同時，有些作品

的「亂辭」也是採用這種句式，如《九章‧抽思》的亂辭就是「長瀨湍流，泝江潭兮。狂顧南行，聊以娛心兮。……」《懷沙》亂辭「浩浩沅湘，分流汩兮。修路幽蔽，道遠忽兮……」最為典型的是《九歎》篇章中，篇尾的亂辭都採用了與《橘頌》句式一樣的「二二，三兮」。

　　準確地說來，第三種句型並非楚辭體獨有，《楚辭》的產生，除了屈原宋玉這樣個人色彩濃厚的創作，也融合了楚地文學和音樂，民歌以及《詩經》的句式影響在這部分內容裏顯現出來。

　　以此可以看出，楚辭體較為獨特的句型是第一與第二類，即「三X二兮，三X二」，以及「二兮二」「三兮二」「三兮三」的排列組合構成的句型。

（三）探討楚辭體句式的意義

　　楚辭體句式的探索，能更清晰地從文體上看出，從屈原到後世模擬之作的承襲痕跡。

　　「二兮二」「三兮二」「三兮二」這樣從楚地民歌都能看到的句式，通過屈原的加工，在《九歌》作品中比較工整地使用，形成了排列組合下的較長的句子。《九歌》是屈原較多地借鑒了楚歌等民間文學的樣式，這點已經有較多學者討論，所以《九歌》更多地保持了原生態的文學樣式。從《九歌》的使用，到漢代文人的模擬，逐漸呈現了以句子較短、篇幅較短為特點的楚辭體詩的沿用。

　　作為一名有自主創作意識的詩人，屈原不僅使用較短的兮字句，同樣創造出了較長的「三X二兮，三X二」句式。這一句式，可以看作是對短小「兮」字句的拓展，即把「兮」字替換成其他虛字，以增加句子的長度。但擴展句子的同時，屈原仍舊保留了「兮」字，可見他在創作中，是有意保留下來的。所以「兮」字作為楚辭體的標誌也必不可少。而選擇了「二兮二」「三兮二」「三兮三」句式的文學作品，在篇幅上也越來越短小，繼承了楚歌特色，成為了楚辭體詩的選擇。同時，在一些楚辭體賦的「亂辭」中，也是用了這種句式，繼承

了「亂辭」歌的特色。

　　漢代文人對屈作的模仿，在文體上也不出這兩種句式。同時出現了較為有趣的現象，即，賦體的創作逐漸基本都趨於「三Ｘ二兮，三Ｘ二」句式的使用，並且後來發展中，隨著對「兮」的省略，出現了「三Ｘ二，三Ｘ二」的句式，這似乎是文人們在創作時候有意的選擇。這種句式的優點在於，可以通過對虛字左右的字組不斷延展，但同時又不會失去音樂性，節奏感因為虛字或者「兮」的存在照樣很強，才為賦體文學鋪排文字又不是節奏性提供了可能性。賦體美豔的詞藻、華麗的形式，可以借助這一句式得以展開。

　　這就像是兩條線索，分別貫穿於後代的楚辭體賦和楚辭體詩的創作。也為我們定義楚辭體文學作品的詩賦屬性提供了劃分的依據。

三、魏晉南北朝楚辭學研究綜述

　　魏晉南北朝楚辭學的研究是融合於楚辭學整體研究之內的，目前並無單獨的此時期楚辭學研究專著或論文。而其他朝代的楚辭學專著或論文有：丁冰《宋代楚辭學概觀》〔註19〕（1985年）、周建忠《元代楚辭學論綱》〔註20〕（1989年）、楊美娟《元代楚辭學研究》〔註21〕（1989年）、李大明《漢楚辭學史》〔註22〕（1994年）、朴永煥《宋代楚辭學研究》〔註23〕（1996年）、林潤宣《清代楚辭學史論》〔註24〕（1997年）、徐在日《明代楚辭學史論》（1999年）〔註25〕、陳煒舜《明代楚辭學研究》〔註26〕（2003年）、蔣駿《宋代屈學研究》〔註27〕（2004

〔註19〕 丁冰：《宋代楚辭學概觀》，《古籍整理研究學刊》，1985年第2期。
〔註20〕 周建忠：《元代楚辭學論綱》，《南通師專學報》，1989年第2期。
〔註21〕 楊美娟：《元代楚辭學研究》，臺北市師範學院1989年碩士論文。
〔註22〕 李大明：《漢楚辭學史》，成都：電子科技大學出版社，1994年。
〔註23〕 朴永煥：《宋代楚辭學研究》，北京大學1996年博士論文。
〔註24〕 林潤宣：《清代楚辭學史論》，北京大學1997年博士論文。
〔註25〕 徐在曰：《明代楚辭學史論》，北京大學1999年博士論文。
〔註26〕 陳煒舜：《明代楚辭學研究》，香港中文大學2003年博士論文。
〔註27〕 蔣駿：《宋代屈學研究》，揚州大學2004年碩士論文。

年）、葛立麗《兩漢〈楚辭〉研究》〔註28〕（2010 年）、趙乖勳《宋代楚辭學》〔註29〕（2011 年）、孫巧雲《元明清楚辭學研究》〔註30〕（2011年）、江瀚《先秦至宋代楚辭學研究》〔註31〕（2012 年）。在斷代楚辭學的研究中，許多人將目光投向漢、宋、明、清這幾個朝代，形成了蔚為大觀的研究氣象。

為了較為全面地掌握魏晉南北朝楚辭學資料，首先對楚辭資料的整理做一下介紹。

（一）楚辭資料整理綜述

饒宗頤《楚辭書錄》〔註32〕（1956 年）是現代最早出版的楚辭書目專著，該書體例完備，而且發揮了傳統書目「辨章學術，考鏡源流」的學術功能，輯錄了歷代重要的楚辭研究著作。姜亮夫《楚辭書目五種》〔註33〕（1961 年）從楚辭書目提要、楚辭圖譜提要、紹騷隅錄、楚辭劄記目錄、楚辭論文目錄對歷代楚辭相關材料做了整理工作。馬茂元主編了《楚辭研究集成》〔註34〕（1986 年），共五編，分別為《楚辭注釋》（馬茂元等，1985 年 6 月）、《楚辭要籍解題》（洪湛侯，1984 年 11 月）、《楚辭評論資料選》（楊金鼎等，1985 年 5 月）、《楚辭研究論文選》（楊金鼎等選編，1986 年 7 月）、《楚辭資料海外編》（尹錫康、周發祥，1986 年 3 月），豐富的信息資料為楚辭學史的研究提供了較高的平臺。崔富章《楚辭書目五種續編》〔註35〕（1993 年）為姜亮夫《楚辭書目五種》做了若干修訂。周殿富編、李叔源點校《楚辭源流選集》〔註36〕

〔註28〕葛立麗：《兩漢〈楚辭〉研究》，山東大學 2010 年碩士論文。

〔註29〕趙乖勳：《宋代楚辭學》，四川師範大學 2011 年博士論文。

〔註30〕孫巧云：《元明清楚辭學研究》，蘇州大學 2011 年博士論文。

〔註31〕江瀚《先秦至宋代楚辭學研究》，蘇州大學 2012 年博士論文。

〔註32〕饒宗頤：《楚辭書錄》，中國香港蘇記書莊，1956 年。

〔註33〕姜亮夫：《楚辭書目五種》，北京：中華書局上海編輯所，1961 年 12 月。

〔註34〕馬茂元主編：《楚辭研究集成》，武漢：湖北人民出版社，1986 年。

〔註35〕崔富章：《楚辭書目五種續編》，上海：上海古籍出版社，1993 年 2 月。

〔註36〕周殿富編、李叔源點校《楚辭源流選集》，長春：吉林人民出版社，2003年。

（2003 年）分《楚辭魂——屈原辭譯注圖錄》《楚辭源——先秦古逸歌詩辭賦選》《楚辭流——歷代騷體賦詩選》《楚辭餘——歷代騷體賦選》《楚辭論——歷代楚辭評論選》五個部分。從楚辭的譯注、源頭辭賦、歷代騷體賦、詩、評論等角度，對楚辭相關資料進行了整理。成為楚辭研究可資參考的基礎資料。另有《楚辭學文庫》〔註37〕（2003年）四卷為楚辭資料之集大成者。四卷分別為《楚辭集校集釋》（崔富章）、《楚辭評論集覽》（李誠）、《楚辭著作提要》（潘嘯龍、毛慶）、《楚辭學通典》（周建忠）。這套文庫資料翔實、分類明確，氣勢恢宏地將中國楚辭學發展脈絡展示而出，是楚辭學研究中極具價值的資料集成。

（二）楚辭學整體研究專著綜述

專著類的有：湯炳正《〈楚辭〉研究》〔註38〕（1986 年）、姚漢榮、姚益心《楚辭研究小史》〔註39〕（1990 年）、易重廉《中國楚辭學史》〔註40〕（1991 年）、李中華、朱炳祥《楚辭學史》〔註41〕（1996 年）、黃震雲《楚辭通論》〔註42〕（1997 年）、周建忠《楚辭與楚辭學》〔註43〕（2000 年）等。這些專著在佔有豐富的史料基礎上，對歷代楚辭研究進行了回顧與總結，比較全面、系統、具體、深入地描述和揭示了楚辭研究的歷程和發展規律，客觀地描述了楚辭學的發展與流變。其中對魏晉南北朝楚辭學皆有所論及。

易重廉《中國楚辭學史》中對魏晉南北朝時期的楚辭學發展做了

〔註37〕 崔富章、周建忠等：《楚辭學文庫》，武漢：湖北教育出版社，2003 年 5 月。

〔註38〕 湯炳正：《〈楚辭〉研究》，載《中國文學》，北京：中國大百科全書出版社，1986 年 11 月。

〔註39〕 姚漢榮、姚益心：《楚辭研究小史》，載《楚文化尋繹》，學林出版社，1990 年 11 月。

〔註40〕 易重廉：《中國楚辭學史》，長沙：湖南出版社，1991 年 5 月。

〔註41〕 李中華、朱炳祥：《楚辭學史》，武漢：武漢出版社，1996 年 10 月。

〔註42〕 黃震雲：《楚辭通論》，武漢：湖南教育出版社，1997 年 10 月。

〔註43〕 周建忠：《楚辭與楚辭學》，長春：吉林人民出版社，2000 年 6 月。

梳理，他認為整個楚辭學分為：兩漢──楚辭學的初興期，魏晉南北朝
──楚辭學的發展期，隋唐五代──楚辭學的中落期，宋代──楚辭
學的大盛期。這部楚辭學史並未延伸至明清楚辭學研究，但是勾畫了
中國楚辭學研究的脈絡。其中對魏晉南北朝時期的楚辭發展以作家為
切入角度，總結了此時的楚辭研究狀況。並從魏晉南北朝時期文學意
識的覺醒和高漲的角度論述了作家、作品與楚辭的關係，又對劉勰、鍾
嶸、顏之推及他們的作品做了重點分析研究，同時對郭璞及其《楚辭
注》進行了梳理和初步的探索。

　　李中華、朱炳祥《楚辭學史》探討了《楚辭》的誕生與結集，通
論了中國《楚辭》研究，是又一部通史類著作。關於魏晉南北朝時期的
《楚辭》研究，主要做了整體性的概述，對郭璞和劉勰及他們的作品做
了較為詳細的分析。黃震雲《楚辭通論》從《楚辭》名稱論、《楚辭》
作家論、《楚辭》作品論、《楚辭》意象論、《楚辭》影響論、楚辭學研
究論六個方面對《楚辭》及楚辭學研究。其中列單節《〈楚辭〉與魏晉
南北朝文學》，對魏晉南北朝時期受楚辭影響的作家和作品作了分析，
並從詩賦文和小說受楚辭影響角度做了較為詳盡的論述。周建忠《楚
辭與楚辭學》分為上下編，以楚辭概論和楚辭學研究例舉兩方面對楚
辭進行解讀。其中，《〈楚辭〉的價值與影響》對魏晉南北朝時期的作家
作品稍有論及。

　　在論文類，也有對中國楚辭學史做了整體研究，如：崔富章《楚
辭研究史略》〔註44〕（1986 年）、湯漳平《楚辭研究三十年》〔註45〕
（1989 年）、江林昌《楚辭研究的回顧與展望》〔註46〕（1996 年）、廖
棟樑《古代楚辭學史論》〔註47〕（1997 年）等對楚辭學研究的整體情
況做了綜合論述。

〔註44〕 崔富章：《楚辭研究史略》，《語文導報》，1986 年第 10 期。
〔註45〕 湯漳平：《楚辭研究二千年》，《許昌師專學報》，1989 年第 4 期。
〔註46〕 江林昌：《楚辭研究的回顧與展望》，《文史哲》，1996 年第 2 期。
〔註47〕 廖棟樑：《古代楚辭學史論》，輔仁大學中文系 1997 年博士論文。

（三）魏晉南北朝楚辭專著類研究文獻綜述

郭璞《楚辭注》經今人鉤沉，找到許多郭璞之注。如：王重民訪書巴黎，從釋道騫《楚辭音》中發現郭璞《楚辭注》遺跡。聞一多《古典新義》中對《楚辭音》與郭璞《楚辭注》有三處例證。胡小石《〈楚辭〉郭注義證》從相關資料鉤稽《楚辭注》263 條。饒宗頤《郭璞楚辭遺說摭佚》將郭璞在古書引文中的文字搜集辨析。

其他如易重廉《中國楚辭學史》〔註48〕中單列一章論述了郭璞《楚辭注》。此書總結了郭璞對楚辭學的發展作出的貢獻，主要從校刊學、《楚辭》方言的研究、明物訓詁的獨特見解、音韻學古音審讀（使用「反語」等）、對楚辭裏神話的評價和獨特見解、對《楚辭》浪漫主義的認同、以及對屈原人格、思想的論及等方面來肯定郭璞對於《楚辭》的研究與發展。

李中華、朱炳祥《楚辭學史》〔註49〕認為：通過近現代學人的鉤沉，得以窺見郭璞《楚辭注》一些內容，可以看到郭璞對《楚辭》的貢獻，主要在於校勘、方言、神話保存等方面。此本敘述較為簡略。

（四）魏晉南北朝時期屈原評價研究文獻綜述

由於沒有專門評價類專著，對屈原評價研究體現在單篇論文中。

如李大明《魏晉南北朝文人論屈原與楚辭》〔註50〕（1990 年）認為此時的文人有對屈原充滿同情者，也有批評屈原消極避世者，並從諸批評家對楚辭的評論來看魏晉的文學自覺意識，並通過對劉勰楚辭觀的分析得出劉勰能以文學發展變化的角度論騷，具有了更大的文學意義。蔣方《名士與〈離騷〉——論兩晉士人的屈原解讀及其意義》〔註51〕（1995 年）認為兩晉士人對屈原及其作品的解讀顯示了那個時代獨特

〔註48〕易重廉：《中國楚辭學史》，長沙：湖南出版社，1991 年 5 月。
〔註49〕李中華、朱炳祥：《楚辭學史》，武漢：武漢出版社，1996 年 10 月。
〔註50〕李大明：《魏晉南北朝文人論屈原與楚辭》，《四川師範大學學報》，1990 年第 2 期。
〔註51〕蔣方《名士與〈離騷〉——論兩晉士人的屈原解讀及其意義》，《北方論叢》，1995 年第 1 期。

的士人文化特徵。他們推重屈原才華，顯示了自我意識的覺醒，肯定士的個體地位，走出了忠君守志的道德限定，表現了對自由精神的追尋。曹世文《兩漢與魏晉南北朝對屈原評價的差異》〔註52〕（2006年）認為兩漢對屈原及其作品的評價偏重於思想，即人文合一的模式，而魏晉南北朝側重作品本身，即文學本位的視野。劉帥麗碩士論文《兩漢魏晉文士的屈原批評及其生存之思》〔註53〕（2009年）認為此時的文士對屈原的批評受時代的影響，直接言論的批評與實際接受屈原形成反差，他們更側重在實踐中接受屈原，表達出一種隱性的批評態度，體現了獨特時代下對生命存在的思考與探尋。謝小英碩士論文《魏晉南北朝時期的楚辭研究》〔註54〕（2010年）在總結了魏晉南北朝時期楚辭研究概況的基礎上，研究魏晉南北朝士人對屈原人格行為評價從而看士人心態，通過魏晉文人的楚辭評論看楚辭評價角度的創新，認為魏晉文人自覺地運用文學意識審視楚辭文學，並通過魏晉南北朝的圖書目錄和文選單設楚辭類來分析「楚辭」稱呼的確立及文體概念的變化，最後以佛家傳入對楚辭音韻發展的角度來挖掘楚辭注釋學的新發展。

（五）魏晉南北朝《楚辭》評價研究綜述

魏晉南北朝《楚辭》批評，除了上述幾本楚辭學專著有所論及，其他以單篇論文和學位論文的形式存在。

一是以魏晉南北朝時期文學與《楚辭》的關係為切入點的文章。

王亮《楚辭與魏晉南北朝文學》〔註55〕（1991年）認為魏晉南北朝文學對以屈原為代表的楚辭的浪漫主義有繼承、有發展、有揚棄，從而形成了一套自己的浪漫主義文學的特色，而這種「同」和「異」又各

〔註52〕　曹世文：《兩漢與魏晉南北朝對屈原評價的差異》，《重慶科技學院學報》（社會科學版），2006年第2期。

〔註53〕　劉帥麗：《兩漢魏晉文士的屈原批評及其生存之思》，漳州師範學院2009年碩士論文。

〔註54〕　謝小英：《魏晉南北朝時期的楚辭研究》，西北師範大學2010年碩士論文。

〔註55〕　王亮：《楚辭與魏晉南北朝文學》，《陰山學刊》，1991年第2期。

自有其社會原因、思想原因和文學意識方面的原因。此文主要從浪漫主義為切入點看楚辭與魏晉南北朝文學，具有一定的理論意義。蔣方、張忠志《論楚辭文體在魏晉六朝的傳播與接受》〔註56〕（2002 年）認為在《楚辭》和《楚辭章句》的在這一時期的接受和傳播方式有了新變化，從重情轉向了尚辭。六朝文人對屈騷的認識逐漸從模擬怨情轉而關注其豔詞，並以豔詞作為楚辭體的特色。從漢人的辭賦不分到齊梁文人的騷賦分立，從漢人的區別屈宋到齊梁文人的屈宋並舉，體現了這個時期文學觀念的演進與文學思潮的變化，楚辭隨之成為了獨立的文類。李金榮《論魏晉南北朝之屈賦批評》〔註57〕（2010 年）認為此時對於屈賦的文學價值更為重視，魏晉的屈賦批評能發前人之未發。但對屈原思想行為的冷落甚至批評導致了他們在論及屈賦時很少關注屈賦的文學精神的形成和藝術成就的取得與屈原個性、氣質和人格之間的關係。吳剛、趙福元《論魏晉南北朝文學意識在楚辭學評論中的演遷》〔註58〕（2010 年）認為魏晉南北朝時期的楚辭學研究文學意識高漲，這個時期完成了從兩漢「經學」到以後文學研究的轉變。

　　另有河北大學李金善指導下的碩士論文多有集中在這片領域，如馮丹《建安騷體文學研究》〔註59〕（2007 年）、許雲平《南朝騷體文學研究》〔註60〕（2008 年）分別以一個時期的楚辭體文學為研究對象，對這段時期的楚辭體文學進行了梳理和特徵的總結論述。另有毛佳《南朝與北朝騷體文學比較研究》（2011 年）則是將南北朝騷體文學進行比較，立足於文本分析，探尋二者的不同特點及他們在楚辭體文學發展流變中所處的地位。這些碩士論文的研究，雖然大部分以「騷體文學」

〔註56〕 蔣方、張忠志：《論楚辭文體在魏晉六朝的傳播與接受》，《湖南師範大學社會科學學報》，2002 年 7 月。
〔註57〕 李金榮：《論魏晉南北朝之屈賦批評》，《晉陽學刊》，2010 年第 2 期。
〔註58〕 吳剛、趙福元：《論魏晉南北朝文學意識在楚辭學評論中的演遷》，《洛陽師範學院學報》，2010 年第 1 期。
〔註59〕 馮丹：《建安騷體文學研究》，河北大學碩士論文，2007 年。
〔註60〕 許雲平：《南朝騷體文學研究》，河北大學碩士論文，2008 年。

為題目，但大多以魏晉南北朝文人對《楚辭》批評為研究對象，屬於
《楚辭》評價類研究。

　　二是以魏晉南北朝時期文人批評《楚辭》的角度來研究。

　　如毛慶《從〈詩品〉看屈騷對魏晉南朝詩歌的影響》〔註61〕（1983
年）通過對《詩品》中《詩經》派詩人的考察，認為他們同樣繼承了屈
騷的手法，楚辭為此時的文人是創作提供了範例。殷光熹《魏晉南北朝
時期的楚辭評論》〔註62〕（1987年）認為魏晉人學「騷」擬「騷」並
未取得突出成果，至南北朝，評「騷」和擬「騷」又更加活躍。此文通
過對曹丕、劉毅、摯虞、謝萬、陸雲、曹攄、皇甫謐、葛洪、陶淵明、
蕭統等人的評論來梳理魏晉南北朝時期的楚辭批評。侯慧章《論劉勰
對屈原騷體的評價》〔註63〕（1987年）較為詳細地論述了劉勰對於屈
原歷史地位的作用，認為劉勰的許多觀念影響世人至今。王開元《劉勰
論「楚辭」》〔註64〕（1990年）認為劉勰論「楚辭」主要涉及楚辭的思
想意義、藝術特色、「楚辭」產生的條件及其在文學發展史上的地位與
影響，肯定劉勰論「楚辭」具有系統性、完整性和深刻性，但同時也存
在侷限性。張伯偉《鍾嶸〈詩品〉「楚辭」系列通說》〔註65〕對《詩品》
的中所說受《楚辭》影響詩人的脈系進行了考察。楊德才《劉勰和蕭統
的楚辭觀》〔註66〕（1998年）通過對《文心雕龍》和《文選》的評價
以及選錄《楚辭》情況的比較，總結出劉勰、蕭統的共同的楚辭觀，

〔註61〕　毛慶：《從〈詩品〉看屈騷對魏晉南朝詩歌的影響》，《江漢論壇》，1983
　　　　　年第11期。
〔註62〕　殷光熹：《魏晉南北朝時期的楚辭評論》，《思想戰線》，1987年第4
　　　　　期。
〔註63〕　侯慧章：《論劉勰對屈原騷體的評價》，《寧夏大學學報》（社會科學版），
　　　　　1987年第3期。
〔註64〕　王開元：《劉勰論「楚辭」》，《新疆大學學報》（哲學社會科學版），1990
　　　　　年第3期。
〔註65〕　張伯偉：《鍾嶸〈詩品〉「楚辭」系列通說》，《中國韻文學刊》，1994年
　　　　　第1期。
〔註66〕　楊德才：《劉勰和蕭統的楚辭觀》，《荊州師專學報》（社會科學版），
　　　　　1998年第1期。

即：突出其文體、重視其文采、推崇其神話象徵表現方式和哀怨情致，以此看出齊梁文人的文學意識覺醒。劉楊、洪娟《詩論劉勰的楚辭觀》〔註67〕（2006 年）對劉勰楚辭觀進行了探討。王承斌《「情兼雅苑」與鍾嶸〈楚辭〉觀》〔註68〕（2009 年）認為鍾嶸把「情兼雅苑」類的作品化為受《楚辭》影響。躍進《〈文選〉中的騷體》〔註69〕（2010 年）以《文選》為視角，解讀了楚辭作品十三篇。袁林《金玉的字句與淒怨的情感——淺論〈文心雕龍〉及〈詩品〉對〈楚辭〉語言及情感特色的述評》〔註70〕（2011 年）通過《文心雕龍》和《詩品》對《楚辭》的述評，認為二者都肯定了楚辭的詞采華美的特點，從情感特色角度來看，二者都認為楚辭的抒情具有淒怨特色。高林清博士論文《兩漢魏晉南北朝楚辭批評研究》（2012 年）〔註71〕在論文下篇《魏晉南北朝時期楚辭評論的新變》從直接言論中的楚辭批評、對楚辭作品的關注和評價、實踐中的楚辭隱形批評三個角度對魏晉南北朝時期的楚辭評論做了較為全貌的概括和分析。又對劉勰《文心雕龍》中的楚辭批評、鍾嶸《詩品》中的楚辭批評、蕭統《文選》中的楚辭批評作為較為詳盡的論述，然後總結了此時楚辭批評的時代特徵，認為此時對屈原人格精神有了新的闡發，對楚辭藝術精神的有了進一步的彰顯。

總體說來，此時的《楚辭》批評研究呈現了以魏晉南北朝時期批評理論專著為出發點來闡釋此時的文人對《楚辭》的評價，主要集中在劉勰《文心雕龍·辨騷》、鍾嶸《詩品》、蕭統《文選序》三大理論著作的探討上。

〔註67〕 劉楊、洪娟：《詩論劉勰的楚辭觀》，《法制與經濟》，2006 年第 3 期。

〔註68〕 王承斌：《「情兼雅苑」與鍾嶸〈楚辭〉觀》，《天中學刊》，2009 年第 6 期。

〔註69〕 躍進：《〈文選〉中的騷體》，《古典文學知識》，2010 年第 4 期。

〔註70〕 袁林：《金玉的字句與淒怨的情感——淺論〈文心雕龍〉及〈詩品〉對〈楚辭〉語言及情感特色的述評》，《陝西教育·高教》，2011 年第 2 期。

〔註71〕 高林清：《兩漢魏晉南北朝楚辭批評研究》，福建師範大學 2012 年博士論文。

（六）楚辭體詩賦研究

由於在本書採用楚辭體名稱，但之前諸多研究以騷體命名，實則為同樣的研究角度。本書從楚辭體詩和楚辭體賦兩個大角度來研究魏晉南北朝楚辭體文學，但之前研究沒有類似劃分，皆將辭賦作為整體研究對象來看待，故研究綜述也不做細緻區分。

一是楚辭體研究專著類。

郭建勳《漢魏六朝騷體文學研究》是第一部較為完整地研究騷體文學的專著。他界定了騷體的概念涵義，認為以「兮」是騷體的基本特徵。他總結出了騷體的形式特徵，將騷體句式分為「〇〇〇〇，〇〇〇兮」「〇〇〇兮〇〇〇」「〇〇〇〇〇〇兮，〇〇〇〇〇〇」三種。他認為較為深入全面地闡釋騷體文學的內涵和外延。在對魏晉六朝的騷體文學研究中，他以朝代為劃分點，從建安騷體、晉代騷體和南朝騷體三個方面分章節論述了各個時代騷體文學的形成原因、文學特徵及對騷體作家、作品進行深層次解讀。2004 年，郭建勳《先唐辭賦研究》〔註72〕中再第三編以《騷體文學研究》為題，對騷體的形成、稱謂等，再次進行了辨析，這部分實際上仍舊是其《漢魏六朝騷體文學研究》中的再次整理。郭建勳先生著述豐富，對楚辭體文學的考察高屋建瓴，尤其從整體風格上把握精準，結合時代精神論述楚辭體文學的整體面貌。

值得關注的是，臺灣年輕學者蘇慧霜於 2007 年出版的《騷體的發展與衍變──從漢到唐的觀察》從歷時角度，梳理了從屈宋至唐代騷體的發展，對騷體再次定義，從屈宋騷體的形式、屈宋作品意象、屈宋作品題材三個角度的發展與衍變進行梳理論述，並對屈宋騷體影響做了細緻的考察，全書豐富全面。但正因為考察的時間範圍寬廣，內容龐大，不免無法專注於現象的發掘和騷體作品的探視。

單篇論文探討較多的是郭建勳《騷體的形成與稱謂辨析》〔註73〕

〔註72〕郭建勳：《先唐辭賦研究》，北京：人民出版社，2004 年。
〔註73〕郭建勳：《騷體的形成與稱謂辨析》，《湖南師範大學社會科學學報》，1995 年第 6 期。

（1995 年）、《騷體賦的界定及其在賦體文學中的地位》〔註 74〕（2000 年）、《騷體文學：當代楚辭研究中的一個新領域》〔註 75〕（2003 年）。 郭建勳亦以建安騷體文學為研究對象，有《論建安騷體文學轉向個性 化、抒情化的內因外緣》〔註 76〕（1996 年）、《論建安騷體文學的轉捩》 〔註 77〕（1996 年）等等，這些都是立足於騷體文學而作出的大量努力 和工作，並為騷體文學的研究奠定了堅實的基礎。郭建勳、仲瑤《漢魏 六朝詩歌中的美人意象與政治託寓》〔註 78〕（2008 年）認為來源於楚 辭的美人意象在漢魏六朝時，其與政治託寓的關係在不斷淡化，其本 身象喻性也在淡化，並逐步走向現實化、世俗化。

二是從文學的接受和傳播學角度來討論楚辭與魏晉南北朝文學者。

其實質研究對象也是魏晉南北朝楚辭體文學，更偏重於分析此時 的詩賦對《楚辭》的繼承和發展。

如：郭建勳、毛錦裙《論魏晉南北朝對楚辭的接受》〔註 79〕（2006 年）認為魏晉南北朝時期對《楚辭》的接受是全方位的，人們不僅重視 它，甚至把它當作「超逸」風神的象徵；屈原作為一種人格範型，已通 過民俗的方式深入人心；對於《楚辭》，此時的文人比兩漢文人更看重 它的抒情和華美的藝術形式，他們有意識地選擇《九歌》而非《離騷》 作為仿傚和學習的對象；《楚辭》依然是文人模仿的對象，並在與文體 賦、樂府詩、駢體文等各體文學的碰撞交融中，推動文學的發展，激活

〔註 74〕 郭建勳：《騷體賦的界定及其在賦體文學中的地位》，《求索》，2000 年 第 5 期。

〔註 75〕 郭建勳：《騷體文學：當代楚辭研究中的一個新領域》，《中國韻文學 刊》，2003 年第 2 期。

〔註 76〕 郭建勳：《論建安騷體文學轉向個性化、抒情化的內因外緣》，《求索》， 1996 年第 2 期。

〔註 77〕 郭建勳：《論建安騷體文學的轉捩》，《北京師範大學學報》（社會科學 版），1996 年第 3 期。

〔註 78〕 郭建勳、仲瑤：《漢魏六朝詩歌中的美人意象與政治託寓》，《湖南大學 學報》（社會科學版），2008 年第 4 期。

〔註 79〕 郭建勳、毛錦裙：《論魏晉南北朝對楚辭的接受》，《求索》，2006 年 10 月。

新型文學的產生。梁豔碩士論文《魏晉南北朝時期楚辭的接受》〔註80〕
（2007年）借鑒了接受美學的理論，對魏晉南北朝時期《楚辭》的讀
者狀況和審美效果接受做了研究，並對楚辭的文體歸屬進行論證，並
闡釋了楚辭評價。此文論述了楚辭對魏晉辭賦、六朝駢文的影響，並關
注到了讀者的個體接受狀況。從形式到思想內容上，探尋了楚辭在此
時的接受。樊露露《論魏晉文人對楚辭的接受》（2007年）〔註81〕認為
魏晉文人對楚辭的接受呈現出頗具時代特色的選擇性。楚辭鮮明的藝
術精神被繼承發展，並開創了優秀的文人五言詩傳統，但魏晉文人對
屈原人格精神進行了選擇性吸收，表現為對存君興國理想的淡化，對
露才揚己態度的強化。楊力葉碩士論文《魏晉六朝人對楚辭的接受與
創新》〔註82〕（2007年）從表現手法和創作題材兩個方面盡心分析，
從曹植、阮籍、陶淵明、庾信四位代表作家的作品分析入手，研究此時
的文人對楚辭的接受情況，並探索出他們在比興手法、象徵手法上面
的創新之處。蔡覺敏《在學習中背離——淺論屈原其人其文在魏晉六
朝的接受》〔註83〕（2007年）認為屈原在六朝不受重視是因為六朝時
人對屈原的理解是不全面的：他們只注意到忠君的一面，但不理解其
愛國的一面；注意到屈原行為的特異狂放，但對此產生了誤解；重視屈
原情感的憂鬱纏綿，但忽視了其正大剛直的一面。在藝術形式上，六朝
文人對屈原的學習存在美人香草抒情形式的僵化、豔麗風格的俗化和
聲律形式的極端化傾向。種光華碩士論文《魏晉文學楚辭接受研究》
（2010年）〔註84〕認為魏晉時期的楚辭接受呈現了新的特點，更加關

〔註80〕　梁豔：《魏晉南北朝時期楚辭的接受》，東北師範大學 2007 年碩士論
　　　　文。
〔註81〕　樊露露：《論魏晉文人對楚辭的接受》，《廣東廣播電視大學學報》，2007
　　　　年第 1 期。
〔註82〕　楊力葉：《魏晉六朝人對楚辭的接受與創新》，廣西大學 2007 年碩士
　　　　論文。
〔註83〕　蔡覺敏：《在學習中背離——淺論屈原其人其文在魏晉六朝的接受》，
　　　　《淮南師範學院學報》，2007 年第 1 期。
〔註84〕　種光華：《魏晉文學楚辭接受研究》，河北大學 2010 年碩士論文。

注楚辭的文學價值，對屈原人格精神的體認從忠君愛國轉為對屈原自身才學的追慕、對其高潔品格的讚頌和對其不幸遭遇的同情。文章從思想內容和藝術形式兩大方面論證魏晉文學對楚辭的接受。

三是從魏晉南北朝時期的作家和作品出發探討對《楚辭》的承繼。

有從楚辭對個體作家影響的角度論述：周建忠《曹植對屈賦繼承與創新的動態過程》〔註85〕（1989 年）、祝鳳梧《阮籍〈詠懷詩〉和〈詩經〉〈楚辭〉的關係》〔註86〕（1989 年）等都是探尋個體作家對楚辭及屈賦的繼承。郭建勳《論阮籍、嵇康的騷體作品及其他》〔註87〕（1996 年）認為阮籍騷體以外向的社會批判與內在的理性探尋為主要內容，語言、意象多承屈騷，嵇康以世俗的方式表現世俗的情感，與阮籍騷體的超塵脫俗形成鮮明的對照。孫建華碩士論文《詩論曹植對屈原的繼承和發展》〔註88〕（2003 年）認為曹植的「發憤抒情」的創作精神、比興象徵的表現手法，詠物、遊仙的創作題材，「九」體、騷體之文體形式等都是對屈原的繼承和發展。田亮碩士論文《論〈楚辭〉對陶淵明創作的影響》〔註89〕（2003 年）從以下幾個方面探討了《楚辭》對陶淵明創作的影響：詩賦中問答形式的繼承、作品主旨的合通、句法的繼承、用事、字句的繼承，並分析了陶淵明對楚辭繼承的社會原因和個人原因。鄧晶豔碩士論文《楚辭對阮籍思想及其文學創作的影響》〔註90〕（2007 年）認為楚辭對阮籍的精神品格有著重要影響，體現與自我主

〔註85〕 周建忠：《曹植對屈賦繼承與創新的動態過程》，《江西社會科學》，1989 年第 4 期。

〔註86〕 祝鳳梧：《阮籍〈詠懷詩〉和〈詩經〉〈楚辭〉的關係》，《湖北大學學報》，1989 年第 2 期。

〔註87〕 郭建勳：《論阮籍、嵇康的騷體作品及其他》，《湖南師範大學社會科學學報》，1996 年第 5 期。

〔註88〕 孫建華：《詩論曹植對屈原的繼承和發展》，鄭州大學 2003 年碩士論文。

〔註89〕 田亮：《論〈楚辭〉對陶淵明創作的影響》，陝西師範大學 2003 年碩士論文。

〔註90〕 鄧晶豔：《楚辭對阮籍思想及其文學創作的影響》，湖南師範大學 2007 年碩士論文。

體意識、個體生命意識和社會批判意識;阮籍在文學創作上繼承了屈宋抒情娛憂傳統;阮籍詩文在文學題材內容上對楚辭進行借鑒,表現為歷史與神話、詠物與遊仙兩大方面;阮籍還從比興與象徵、意象與意境、想像和誇飾三大藝術手法上對楚辭進行吸收。最後論文從社會背景、屈子情節、楚辭在魏晉正始時期的影響探尋楚辭對阮籍產生影響的原因。王雙《生命的歡娛與悲憂──曹植騷體賦簡論》〔註91〕(2010年)對曹植的騷體賦作品進行了賞析,認為曹植騷賦作品或摹物紀遊,或抒情寄慨,盡顯出生命的歡娛與悲憂,是對建安時期慷慨悲涼時風的最好詮釋。

從魏晉南北朝時期作品出發研究的有:

喬根《主體意識的迷失與覺醒──〈離騷〉與〈詠懷詩〉主旨比較》〔註92〕(2003年)通過比較楚辭作品與阮籍的《詠懷詩》,論述阮籍處於魏晉易代之際那種人生主體意識的覺醒而又迷失的狀態,在此基礎上梳理出自屈原到阮籍這一段歷史中國文人的精神發展軌跡。王興芬《楚辭與魏晉南北朝志怪小說》〔註93〕(2008年)認為楚辭對此時志怪小說有深遠的影響,從神話傳說、仙人、鬼魂到採摘花草果實方面,都是對楚辭的繼承和發展。

總體說來,學者魏晉南北朝時期的楚辭體文學研究或以總論的形式,探討《楚辭》和屈原對此時文學風格和情感的整體影響,或從單個作家作品出發,探索局部楚辭體文學。對從魏晉到南北朝各個時期,並無細緻地針對楚辭體詩賦的研究,並不能勾畫出這個時期楚辭體詩、賦的研究全貌。

魏晉南北朝文學在中國古代文學史上是充滿創新與變革的。這種

〔註91〕　王雙:《生命的歡娛與悲憂──曹植騷體賦簡論》,《名作欣賞》,2010年第11期。

〔註92〕　喬根:《主體意識的迷失與覺醒──〈離騷〉與〈詠懷詩〉主旨比較》,《黃山高等專科學校學報》,2000年第3期。

〔註93〕　王興芬:《楚辭與魏晉南北朝志怪小說》,《遼東學院學報》(社會科學版),2008年第4期。

創新與變革發軔於那個混亂的時代環境：漢末天下大亂，三國紛爭，此後又有西晉皇族八王內亂，晉室東遷，北方十六國混戰，南方宋齊梁陳更迭變換。思想上，玄學興起，儒、道、釋共存。文學上，士人階層成為主導文學潮流的群體，詩、賦發展呈現各自新的態勢，建安風骨雄健深沉，正始文學越名教而任自然，太康文學繁縟詞豔，永明體恪守聲韻格律，玄言詩走向山水詩……魏晉南北朝文學恢弘壯麗，而作為其中一部分的楚辭學體文學，它並沒有以清晰的面目作為完整的形態出現在世人面前。

本書以楚辭學為研究對象，考辨此時文人對《楚辭》及屈原的評價，而對於貫穿於整個文學發展過程中的楚辭體文學，則探索這些作品所呈現出來的規律性特徵，發掘在歷史流變中這些作品的特色，從整體上說來，為楚辭學的發展貢獻一己之力。

四、魏晉南北朝楚辭學研究方法

對於本書的研究方法，曾國藩《湖南文徵序》中曾說說：「人心各具自然之文，約有二端，曰理曰情。二者人人之所固有。就吾所知之理，以筆諸書而傳諸世，稱吾愛悲愉之情，而綴辭以達之，若剖肺肝而陳諸簡策，斯皆自然之文。」文學「曰理曰情」，能感人肺腑，縱觀歷代文學之研究，亦不出「情」「理」之外。

對魏晉南北朝楚辭體文學的研究，遵循「務得事實，每求真是」〔註94〕的原則，誠如業師方銘先生所言，求真、實證，以做「樸學」之心態來進行魏晉南北朝的楚辭體文學研究。本書的基本研究方法如下：

第一，採用資料研究法，在大量佔有魏晉南北朝文學作品資料的基礎上，仔細甄別，客觀梳理，爭取以最為恰妥的方式，使得本書的研究內容全面、準確。對於資料的整理，力求能為後繼研究者提供較

〔註94〕　（漢）班固：《漢書》（卷五十三《景十三王傳》），北京：中華書局，1962 年，第 2410 頁。

為可靠的資料來源。

　　第二，採用文獻研究法，對本書之前的研究成果，以較為嚴謹地態度去學習、閱覽並充分理解，在前人研究的成果上開展自己的研究，中肯地吸收優秀成果，並展開自己的思索。實事求是，不以創新為目的而譁眾取寵，誠懇對待，求真務實。

　　第三，在對魏晉南北朝楚辭體文學作家、作品的研究過程中，擁有橫向、縱向的研究視角，看到楚辭體文學與整個文學的部分與整體的關係，在較為廣闊的背景中探索魏晉南北朝楚辭體文學的獨特性。

　　第四，用有跨學科研究意識，除了把文學作為研究對象，對中國史學、哲學、語言學等學科也力圖能為文學的研究對象服務，更充分和客觀地闡釋魏晉南北朝楚辭體文學。

　　第五，以定量、定性等研究方法，在研究過程中，以數據、圖表的形式，爭取能更為直觀地展現研究的目的，為研究目標切實有力的證據。

　　以上為本書的研究方法，在研究過程中努力做到，以期達到最理想的效果。

第一章　郭璞《楚辭注》及其他注本研究

在魏晉南北朝時期，《楚辭》研究者較少。相較於這個時期對經學典籍的研究，《楚辭》並未真正走入文人視野。《北史·儒林傳序》記載：「江左，《周易》則王輔嗣，《尚書》則孔安國，《左傳》則杜元凱。」皮錫瑞稱南北朝時期為經學的分立時代〔註1〕，此時注經解義雖比不上兩漢的繁盛發展，但仍有餘緒。而反觀《楚辭》，經漢代文人整理，《楚辭章句》剛剛登上歷史舞臺，加之三百多年間，社會動盪，政權格局不穩，這又為楚辭的傳播造成了阻礙。在這種情形之下，仍有一批對楚辭進行注解，或對楚辭某一角度進行研究的作品出現。雖大部分已經亡逸，但還是能看見此時對楚辭關注角度：對楚辭字詞做訓詁；從音韻角度為楚辭做注解；並有對楚辭裏出現的草木進行注疏的專項研究，流傳下來的作品名稱也能讓後人得見那時文人對楚辭的零星看法。

郭璞遍注典籍，他的《楚辭注》已亡佚，但經過現當代學者的整理，以郭璞注解的其他典籍為參證，也能看出郭璞《楚辭注》的隻鱗片

〔註1〕 皮錫瑞著，周予同注釋：《經學歷史》，北京：中華書局，2011年，第118頁。

爪，從而對他注騷有了一些認識。郭璞《楚辭注》中有直接引用《楚
辭》詩句，這些句子可以對流傳版本的楚辭詩句進行校勘。而從這些直
接的引用與評價中，又能看到郭璞引用傳說來理解屈原作品中的典故。
郭璞的許多注解對後人有影響，如對宋代洪興祖《楚辭補注》的影響就
很明顯。魏晉南北朝的楚辭專著研究薄弱，研究資料的極度匱乏使後
世學者不足以關注，也是情理之中。本章對《隋書·經籍志》提到的其
他注本進行了考察，由於資料匱乏，僅僅限於描述階段，無法深入研
究，頗為遺憾。

第一節　郭璞與《楚辭》

　　郭璞，字景純，河南聞喜（今山西）人，生於公元 276 年，卒於
324 年。東晉元帝時候為著作佐郎。明帝時候王敦謀反，郭璞因為占卜
諫阻而被王敦殺。王敦失敗後，郭璞被追封為弘農太守。事蹟見於《晉
書》。他是一位文學家、語言學家以及方術家，一生著述豐富。史書記
載郭璞有《楚辭注》，但已亡逸。

一、郭璞著述情況

　　郭璞是一位博物學者與方術家。他「好古文奇字，妙於陰陽算曆」，
[註2] 好卜筮之事，並「撰前後筮驗六十餘事，名為《洞林》」。在歷史
的記載中，他亦以仙或神的形象出現。
　　郭璞更是一位文學家。明代張燮《七十二家集》中《郭弘農集》
收錄其九篇賦作，十九首詩，其中《遊仙詩》組詩十四首，另有疏、文
等十二篇。
　　《晉書》記載：
　　　　璞好經術，博學有高才，而訥於言論，詞賦為中興之冠。
　　　　璞著《江賦》，其辭甚偉，為世所稱。後復作《南郊賦》，

〔註 2〕（唐）房玄齡等：《晉書》，北京：中華書局，1974 年，第 1899 頁。

帝見而嘉之，以為著作佐郎。

所作詩賦誄頌亦數萬言。〔註3〕

《晉書》評其為「中興之冠」，他的《江賦》《南郊賦》也為晉元帝所賞識，並封為「著作佐郎」。鍾嶸也稱其作品是「始變永嘉平淡之體，故稱中興第一。」

郭璞又是一位語言學家。

《晉書》記載：

（郭璞）注釋《爾雅》，別為《音義》《圖譜》。又注《三蒼》《方言》《穆天子傳》《山海經》及《楚辭》《子虛》《上林賦》數十萬言，皆傳於世。〔註4〕

郭璞著作流傳至今的有：《爾雅注》三卷、《方言注》十三卷、《山海經注》十八卷、《穆天子傳》六卷。

郭璞生活在中國語言學蓬勃發展的時代。他遍注經典，留下了許多注本資料，這也為他的《楚辭注》鉤沉提供了較為便利的條件。對於郭璞注書的成就，趙振鐸在《中國語言學史》中，總結他的貢獻為：第一，比較明確的語言觀念；第二，重視當時的語言；第三，對名物的訓詁方法採用了描寫的方式。〔註5〕

二、郭璞對楚辭及屈原的評價

《楚辭》在魏晉時期的傳播，王逸的《楚辭章句》起到了十分重要的作用。范曄《後漢書》將王逸收入《文苑傳》，並說他「著《楚辭章句》行於世」，楚辭流行於魏晉是可想而知的。郭璞在提及《楚辭》的作品時，《離騷》和《楚辭》是不作區分的。如他在《爾雅‧釋天》「正月為陬」條目下注解說：「《離騷》云：『攝提貞於孟陬』。」在《山海經‧海外西經》「女子國在巫咸北，兩女子居水周之」條目下注解說：

〔註3〕（唐）房玄齡等：《晉書》，北京：中華書局，1974年，第1910頁。
〔註4〕（唐）房玄齡等：《晉書》，北京：中華書局，1974年，第1910頁。
〔註5〕趙振鐸：《中國語言學史》，石家莊：河北教育出版社，2000年，第142頁。

「《離騷》曰：『水周於堂下』。」而「水周兮堂下」句則是《九歌·湘君》裏詩句。又如他引「遺餘褋兮澧浦」說《楚辭》曰，而此句出自《九歌·湘夫人》。以此看來，郭璞眼中「離騷」與「楚辭」可能是同一個概念，都為《楚辭》這部作品的統稱。以此看來，郭璞應當也是據《楚辭章句》為底本進行注釋的。

雖然沒有完整的《楚辭注》傳世，並不能直觀地看出郭璞如何針對性地解讀《楚辭》內涵，但從他的隻言片語中，能看到他對《楚辭》以及對屈原的認識。

《爾雅圖贊》和《山海經圖贊》中，有其對屈原的直接評價。

郭璞較多地繼承了屈原香草美人之說，並依漢代文人以及王逸對《楚辭》「依經立義」的評價原則，從「諷詠以比」的角度來解讀，從香草惡草說。如《爾雅圖贊》中有「卷施草拔心不死。屈平嘉之，諷詠以比。取類雖邇，興有遠旨」〔註6〕的評價。此注解《離騷》「夕攬洲之宿莽」的宿莽。王逸曰：「草冬生不死者，楚人名之曰宿莽。……木蘭去皮不死，宿莽遇冬不枯，屈原以喻讒人雖欲困己，己受天性，終不可變易也。」以草之特性喻性格，自此彰顯。郭璞沿用了王逸的說法。

《橘頌》「橘徠服兮」，對於「橘」的讚美是：

> 《爾雅圖贊》：厥苞橘柚，精者曰柑。實染繁霜，葉鮮翠藍。屈生嘉歎，以為美談。〔註7〕

> 《山海經圖贊》：厥苞橘櫕，奇者惟甘。朱實全鮮，葉蓓翠藍。靈均是詠，以為美談。〔註8〕

郭璞認為因為橘有眾多優點，所以屈原以此嘉歎和吟詠，「以為美

〔註6〕 （清）嚴可均輯：《全上古三代秦漢三國六朝文》，北京：中華書局，1958年，第2155頁。

〔註7〕 （清）嚴可均輯：《全上古三代秦漢三國六朝文》，北京：中華書局，1958年，第2155頁。

〔註8〕 （清）嚴可均輯：《全上古三代秦漢三國六朝文》，北京：中華書局，1958年，第2166頁。

談」。僅僅這幾句，並不能看出郭璞對於《楚辭》的整體觀，但可以看出他對屈原高尚人格的讚美，以及對屈原吟詠的欣賞。屈原的人格內涵，是受到他的肯定和讚揚的。

第二節　郭璞《楚辭注》鉤沉

郭璞《楚辭注》內容的出現，是經過幾代學人的努力，至今仍處於需要完善階段。本書對《楚辭注》內容也在前人工作的基礎上進行了一些補充，大致可看其面貌。

一、郭璞《楚辭注》流傳情況

郭璞注《楚辭》，以下史書皆有記載。

《晉書・郭璞傳》曰：（郭璞）又注《三蒼》《方言》《穆天子傳》《山海經》及《楚辭》《子虛》《上林賦》數十萬言，皆傳於世。〔註9〕

《隋書・經籍志》曰：《楚辭》三卷，郭璞注。〔註10〕

《唐書・經籍志》曰：《楚辭》十卷郭璞撰。〔註11〕

《唐書・藝文志》曰：郭璞注《楚辭》十卷。〔註12〕

《隋書》記載郭璞《楚辭注》有三卷。

至新、舊《唐書》皆記載有十卷。舊《唐書・藝文志》敘曰：「今錄開元盛時四部諸書，以表文藝之盛。」而此時依據的目錄大概為元行沖的《群書四部錄》和毋煚的《古今目錄》。天寶之後，戰火綿延，典籍毀滅過半。到了新《唐書》，其《藝文志》敘云：「今著於篇，有其名

〔註 9〕　（唐）房玄齡等：《晉書》，北京：中華書局，1974 年，第 1910 頁。

〔註10〕　（唐）魏徵等撰：《隋書》（卷三十五《經籍志》），北京：中華書局，1985 年，第 1055 頁。

〔註11〕　（後晉）劉昫等撰：《舊唐書》（卷四十七），北京：中華書局，1975 年，第 2051 頁。

〔註12〕　（宋）歐陽修、宋祁撰：《新唐書》（卷六十），北京：中華書局，1975 年，第 1575 頁。

而亡其書者，十蓋五六也，可不惜哉。」新志出於舊志，抄其目錄也未可知。

至於《隋書》與《唐書》所載卷數為何不同，胡小石先生推測為：「蓋《隋書》成於初唐，所見或為現代舊書，注疑單行，故僅三卷。兩唐志所據，或是開元三年重加整比之本，辭注相合，卷數乃增至三倍耶？」〔註13〕胡先生說法為是。

到了宋代，晁公武《郡齋讀書志》、陳振孫《直齋書錄解題》中都沒有列郭璞《楚辭注》書目。而洪興祖《楚辭補注》中卻有徵引郭璞之說，而這些徵引之說也大多出於《山海經注》《爾雅注》等，也並不能證明洪興祖得見郭璞《楚辭注》原作。大概可推測，郭璞《楚辭注》至少於南宋遭厄。

郭璞《楚辭注》沒能流傳，但因郭璞注書豐富，他的諸多注典籍本流傳於世，那些典籍中偶而出現了其對《楚辭》作品字詞的解釋及考證，這也使得後人有機會從他的注書中找尋關於《楚辭》的注條。

近現代學者在郭璞《楚辭注》的鉤沉上，做出了巨大的努力。

古文獻學家、北京高等師範學校（現北師大）國文系教授王重民先生，從 1934 年起被派往國外，先後在法、英、德、意、美等國著名圖書館，刻意搜求流散於國外的珍貴文獻。他在訪書巴黎時，從隋釋道騫《楚辭音》敦煌殘卷中發現郭璞注。釋道騫《楚辭音》有敦煌舊鈔存世，殘卷僅存八十四行。現收藏於法國巴黎國民圖書館寫本部，編號為 P.2494。《楚辭音》殘卷共釋《離騷》文 287 條。〔註14〕

王重民記載，《楚辭音》殘卷八十四行從《離騷》「馭玉虯以乘鷖兮」起，以「雜瑤象以為車」止，其中殘卷文字「書法整秀，不避隋唐諱，望而知為隋唐間寫本」。並且此殘卷中「豈珵美之能當」下有注解

〔註13〕 胡小石：《〈楚辭〉郭注義徵》，《胡小石論文集》，上海：上海古籍出版社，1982 年，第 26 頁。

〔註14〕 李中華、朱炳祥：《楚辭學史》，武漢：武漢出版社，1996 年，第 66～69 頁。

為：「本或作瑤字，非也。郭本止作程，取同音。」所以王重民認為此乃郭璞注《楚辭》之「孑遺」。王重民錄殘卷《楚辭音》歸國。

聞一多的《古典新義》記載：他從《楚辭音》又鉤沉出郭璞《楚辭注》三處注條，並在其為《巴黎敦煌殘卷》所作的敘錄中。

聞一多先生的鉤沉為：

1. 《離騷》「吾令羲和弭節兮，望崦嵫而勿迫」句：

　　「『茲』字下：郭云：『止日之行，勿近昧谷也。』」〔註15〕

2. 《離騷》「鳩告余以不好」句：

　　「『鳩』字下：郭云：『凶人見欺也。』」〔註16〕

3. 《離騷》「恐鵜鴂之先鳴兮，使夫百草為之不芳」句：

　　「『鴂』字下：郭云：『姦佞先己也。』」〔註17〕

而後，南京大學教授胡小石先生進一步以郭璞所注《爾雅》《方言》《穆天子傳》《山海經》《子虛賦》《上林賦》等為參考對象，大量鉤輯與《楚辭》相關的訓詁資料。而據胡小石先生統計，共引：《山海經注》（包括《山海經圖贊》）140 條；《爾雅注》（包括《爾雅圖贊》）120 條；《方言注》15 條；《穆天子傳》14 條；《子虛賦注》23 條；《上林賦注》33 條；《江賦》1 條；《三蒼注》1 條；《晉書》1 條。

在其《〈楚辭〉郭注義徵》中共參證出《離騷》69 句，《九歌》39 句，《天問》25 句，《九章》22 句，屈原其他作品 11 句，其他楚辭作家作品 82 句，一共注釋《楚辭》作品 246 句。胡先生鉤輯詳細，對有些條目還加以考證，所作貢獻十分矚目。

經過近現代學者的巨大努力，郭璞《楚辭注》得以還原部分面貌，當然，這僅僅是極小的一部分。在此之後，又有學者對鉤沉而出

〔註15〕聞一多：《敦煌舊鈔本楚辭音殘卷跋》（《聞一多全集》第 5 冊），武漢：湖北人民出版社，1993 年，第 48 頁。

〔註16〕聞一多：《敦煌舊鈔本楚辭音殘卷跋》（《聞一多全集》第 5 冊），武漢：湖北人民出版社，1993 年，第 48 頁。

〔註17〕聞一多：《敦煌舊鈔本楚辭音殘卷跋》（《聞一多全集》第 5 冊），武漢：湖北人民出版社，1993 年，第 48 頁。

的《楚辭注》進行了研究，饒宗頤《郭璞楚辭遺說摭佚》將郭璞在古書引文中的文字搜集辨析；易重廉在《中國楚辭學史》中論述了郭璞對楚辭學的發展有了很大的貢獻，認為郭璞從校刊學、《楚辭》方言的研究、明物訓詁以及音韻學古音審讀（使用「反語」）等方面都有獨特見解。〔註18〕

二、郭璞《楚辭注》的主要內容

　　本書基於胡小石鉤沉出《楚辭注》的方法，亦參考《山海經注》《爾雅注》《方言注》等書，繼續鉤輯出與《楚辭》句相關內容的郭璞注釋。同時，在宋代洪興祖《楚辭補注》中，也發現洪興祖引郭璞注，並將這些條目摭摘而出，共增鉤輯《離騷》5 句，《九歌》6 句，《天問》4 句，《九章》3 句，其他楚辭作家作品 10 句，共 29 句。

　　加上胡先生所列，共得《楚辭》句 275 句，部分還原郭璞注《楚辭》內容。鉤輯而得的《楚辭注》，並不能直接全面而精確地體現郭璞注《楚辭》的觀點和方法，但是透過這些內容，讓後人得以窺見郭璞在上承王逸《楚辭章句》，下開唐宋楚辭學中所發揮的影響。本書將胡先生和本書所作鉤輯錄於附錄一內，為研究者提供便利。

　　郭璞《楚辭注》中鉤沉條目居主導，但是郭璞在其他各書注解中也有直接提及《離騷》或《楚辭》者，達 27 處。本書參考郭璞注解典籍現代整理出版物有：《漢魏古注十三經》第二冊中的《爾雅注》，上海中華書局據 1998 年發行；本書參考《方言校箋》，周祖謨校箋，1993 年中華書局版；郭璞注《山海經》，上海古籍出版社 1989 年版；《足本山海經圖贊》，古典文學出版社（上海）1958 年出版，張宗祥校錄。《楚辭》原文所據為南宋洪興祖《楚辭補注》，中華書局 1983 年出版。本書參考這些書籍，並在胡小石《〈楚辭〉郭注義徵》的基礎上，列出郭璞對《楚辭》的直接評價，錄之如下：

〔註18〕 易重廉：《中國楚辭學史》，長沙：湖南出版社，1991 年，第 98～104 頁。

《楚辭》作品原句	郭璞注解	參證典籍條目原文
《離騷》攝提貞於孟陬兮	《離騷》云：「攝提貞於孟陬。」	《爾雅·釋天》：正月為陬。〔註19〕
《離騷》夕攬洲之宿莽	宿莽也。《離騷》云。	《爾雅·釋草》：卷施草拔心不死。〔註20〕
	《爾雅圖贊》(《藝文類聚》八十一引) 卷施草拔心不死。屈平嘉之，諷詠以比。取類雖邇，興有遠旨。	
《離騷》畦留夷與揭車兮	藒車，香草，見《離騷》。	《爾雅·釋草》：藒車芞輿。〔註21〕
《離騷》啟九辨與九歌兮，夏康娛以自縱。	皆天帝樂名也。開登天而竊以下用之也。開筮曰：「昔彼《九冥》，是與帝《辯》同宮之序，是為《九歌》。」又曰：「不得竊《辯》與《九歌》以國於下。」義具見於《歸藏》。	《山海經·大荒西經》：開上三嬪於天，得《九辯》與《九歌》以下。〔註22〕
《離騷》帥雲霓而來御	蜺，雌虹也。見《離騷》。	《爾雅·釋天》蜺為挈貳。〔註23〕
《湘君》遭吾道兮洞庭	今長沙巴陵縣西，又有洞庭陂，潛伏通江。《離騷》曰：「遭吾道兮洞庭」「洞庭波兮木葉下」，皆謂此也。	《山海經·中山經》又東南一百二十里，曰洞庭之山。〔註24〕
《湘君》水周兮堂下	周，猶繞也。《離騷》曰：「水周於堂下」也。	《山海經·海外西經》女子國在巫咸北，兩女子居，水周之。〔註25〕

〔註19〕　（晉）郭璞注，（宋）邢昺疏：《爾雅注疏》（《漢魏古注十三經》第六冊），北京：中華書局，1998年，第56頁。

〔註20〕　（晉）郭璞注，（宋）邢昺疏：《爾雅注疏》（《漢魏古注十三經》第六冊），北京：中華書局，1998年，第84頁。

〔註21〕　（晉）郭璞注，（宋）邢昺疏：《爾雅注疏》（《漢魏古注十三經》第六冊），北京：中華書局，1998年，第80頁。

〔註22〕　（晉）郭璞注，（清）畢沅校：《山海經》，上海：上海古籍出版社，1989年，第113頁。

〔註23〕　（晉）郭璞注，（宋）邢昺疏：《爾雅注疏》（《漢魏古注十三經》第六冊），北京：中華書局，1998年，第56頁。

〔註24〕　（晉）郭璞注，（清）畢沅校：《山海經》，上海：上海古籍出版社，1989年，第77頁。

〔註25〕　（晉）郭璞注，（清）畢沅校：《山海經》，上海：上海古籍出版社，1989年，第84頁。

《湘夫人》 遺餘褋兮醴浦	《楚辭》曰：「遺餘褋兮澧浦。」 音簡牒。	《方言》禪衣，江淮南楚 之間謂之褋。〔註26〕
《大司命》 使涷雨兮灑塵	今江東呼夏月暴雨為涷雨。《離 騷》云：「令飄風兮先驅。使涷雨 兮灑塵」是也。涷音東西之東。	《爾雅·釋天》暴雨謂之 涷。〔註27〕
《天問》 康回馮怒	馮，恚盛貌。《楚辭》曰：「康回馮 怒。」	《方言》馮、齘、苛、怒 也。楚曰馮。〔註28〕
《天問》 日安不到， 燭龍何照。	《離騷》曰：「日安不到。燭龍何 耀。」《詩含神霧》曰：「天不足西 北，無有陰陽消息，故有龍銜精， 以往照天門中云。」	《山海經·大荒北經》章 尾山有神，人面蛇身而 赤，直目正乘，其瞑乃 晦，其視乃明，⋯⋯是燭 九陰，是謂燭龍。〔註29〕
《天問》 靡萍九衢	言樹枝交錯，相重五出，有像衢路 也。《離騷》曰：「靡萍九衢。」	《山海經·中山經》少室 之山，其上有木焉，其名 曰帝休。葉狀如楊，其枝 五衢。〔註30〕
《天問》 一蛇吞象， 厥大何如。	今南方蚺蛇吞鹿，鹿已爛，自絞於 樹，腹中骨皆穿鱗甲間出，此其類 也。《楚辭》曰：「有蛇吞象。厥大 何如？」說者云長千尋。」 《山海經圖贊》(《藝文類聚》九十 六引)象實巨獸，有蛇吞之。越出 其骨，三年為期。厥大何如。屈生 是疑。	《山海經·海內南經》 **巴蛇食象**，三歲而出其 骨，君子服之，無心腹 之疾。〔註31〕

〔註26〕 華學誠彙證：《楊雄方言校釋彙證》，北京：中華書局，2006 年，第 266
頁。

〔註27〕 （晉）郭璞注，（宋）邢昺疏：《爾雅注疏》(《漢魏古注十三經》第六
冊)，北京：中華書局，1998 年，第 57 頁。

〔註28〕 華學誠彙證：《楊雄方言校釋彙證》，北京：中華書局，2006 年，第 145
頁。

〔註29〕 （晉）郭璞注，（清）畢沅校：《山海經》，上海：上海古籍出版社，1989
年，第 117 頁。

〔註30〕 （晉）郭璞注，（清）畢沅校：《山海經》，上海：上海古籍出版社，1989
年，第 65 頁。

〔註31〕 （晉）郭璞注，（清）畢沅校：《山海經》，上海：上海古籍出版社，1989
年，第 91 頁。

《天問》羿焉彈日，烏焉解羽。	莊周云：「昔者十日並出，草木焦枯。」《淮南子》亦云：「堯乃令羿射十日，中其九日。日中烏盡死。」《離騷》所謂「羿焉畢日？烏焉落羽？」者也。《歸藏鄭母經》云：「昔者羿善射，畢十日。果畢之。」《汲郡竹書》：「允甲即位，居西河，有妖孽，十日並出。」明此自然之異，有自來矣。傳曰：「天有十日。日之數十。」此云九日居下枝，一日居上枝。《大荒經》又云：「一日方至，一日方出。」明天地雖十日，自使以次第迭出運照，而今俱見。為天下妖災。故羿稟堯之命，洞其靈誠，仰天控弦，而九日潛退也。假令器用可以激水烈火，精感可以降霜回景，然則羿之鑠明離而斃陽烏，未足為難也。若按之常情，則無理矣。然推之以數，則無往不通。達觀之客，宜領其元致。歸之冥會，則逸義無滯。言奇巧廢矣。	《山海經·海外東經》湯谷上有扶桑，十日所浴。在黑齒北，居水中有大木。九日居下枝，一日居上枝。〔註32〕
《天問》啟棘賓商，九辯九歌	嬪，婦也。言獻美人於天帝。餘詳《離騷》。	《山海經·大荒西經》開上三嬪於天。〔註33〕
《天問》焉得夫樸牛	或作撲牛。撲牛見《離騷》《天問》。所未詳。	《山海經·北山經》敦薨之山，其獸多兕旄牛。〔註34〕
《九章·涉江》登崑崙兮食玉英	謂玉華也。《離騷》曰：「懷琬琰之華英。」又曰：「登崑崙兮食玉英。」《汲冢書》所謂苔華之玉。	《山海經·西山經》黃帝乃取峚山之玉榮。〔註35〕

〔註32〕　（晉）郭璞注，（清）畢沅校：《山海經》，上海：上海古籍出版社，1989年，第89頁。

〔註33〕　（晉）郭璞注，（清）畢沅校：《山海經》，上海：上海古籍出版社，1989年，第113頁。

〔註34〕　（晉）郭璞注，（清）畢沅校：《山海經》，上海：上海古籍出版社，1989年，第36頁。

〔註35〕　（晉）郭璞注，（清）畢沅校：《山海經》，上海：上海古籍出版社，1989年，第25頁。

《九章・橘頌》 橘徠服兮	《爾雅圖贊》(《藝文類聚》八十七引)厥苞橘柚,精者曰柑。實染繁霜,葉鮮翠藍。屈生嘉歎,以為美談。 《山海經圖贊》厥苞橘櫾,奇者惟甘。朱實全鮮,葉蓓翠藍。靈均是詠,以為美談。	
《九章・橘頌》 曾枝剡棘	《楚辭》曰:「曾枝剡棘。」亦通語耳。音巳力反。	《方言》凡草刺人,……江湘之間謂之棘。〔註 36〕
《遠遊》 懷琬琰之華英	謂玉華也。《離騷》曰:「懷琬琰之華英。」《汲冢書》所謂苕華之玉。	《山海經・西山經》黃帝乃取峚山之玉榮。〔註 37〕
《遠遊》 使湘靈鼓瑟兮	「湘靈」義見《湘君》引道藏本神二女贊。	
《招魂》 帝告巫陽	皆神醫也。世本曰巫彭作醫。《楚辭》曰:「帝告巫陽」。	《山海經・海內西經》開明東有巫彭、巫抵、巫陽、巫履、巫凡、巫相。〔註 38〕
《招魂》 赤螘若象, 玄蠭若壺些	蛾,蚍蜉也。《楚辭》曰:「玄蜂如壺,赤蛾如象。」謂此也。	《山海經・海內北經》大蠭其狀如螽。朱蛾其狀如蛾。〔註 39〕
《大招》 朱唇皓齒, 嫭以姱只。	鮮明貌也。《楚辭》曰:「美人皓齒奼以姱。」	《史記・司馬相如傳・上林賦》(《索隱》引)皓齒粲爛。〔註 40〕
《大招》 嫮目宜笑, 娥眉曼只。	鮮明貌也。《楚辭》曰:「美人皓齒奼以姱。」又曰:「嫮昆宜笑,蛾眉曼。」	《史記・司馬相如傳・上林賦》(《索隱》引)皓齒燦爛,宜笑的皪。長眉連娟,微睇綿藐。〔註 41〕

〔註 36〕 華學誠彙證:《楊雄方言校釋彙證》,北京:中華書局,2006 年,第 201 頁。

〔註 37〕 (晉)郭璞注,(清)畢沅校:《山海經》,上海:上海古籍出版社,1989 年,第 25 頁。

〔註 38〕 (晉)郭璞注,(清)畢沅校:《山海經》,上海:上海古籍出版社,1989 年,第 94 頁。

〔註 39〕 (晉)郭璞注,(清)畢沅校:《山海經》,上海:上海古籍出版社,1989 年,第 95 頁。

〔註 40〕 (漢)司馬遷:《史記》,北京:中華書局,1956 年,第 3041 頁。

〔註 41〕 (漢)司馬遷:《史記》,北京:中華書局,1956 年,第 3040~3041 頁。

《九歎・愍命》捐赤瑾於中庭	赤玉，赤瑾也。見《楚辭》。	《史記・司馬相如傳・子虛賦》（《集解》引）其石則赤玉玫瑰。〔註42〕
《九歎・遠遊》絕都廣以直指兮	《離騷》曰：「絕都廣野而直指柏號。」	《山海經・海內經》西南黑水之間有都廣之野，后稷葬焉。其城方三百里，蓋天下之中，素女所出也。〔註43〕

　　上表為從《爾雅》《方言》《山海經》的郭璞注中提取的關於《楚辭》內容，這些內容可以看做是郭璞對《楚辭》的直接理解，其中有字詞的解釋，也有許多內容的解讀，郭璞聯繫神話傳說及古籍的記載，可見其注解《楚辭》的角度和一些特色。

三、郭璞《楚辭注》校勘貢獻

　　郭璞在《爾雅注》《山海經注》《方言注》中，往往引用《楚辭》句以作訓詁，以其所引為參照，恰巧可以對王逸《楚辭章句》中原文進行校勘，以觀其與王逸《楚辭章句》之別。

　　易重廉《中國楚辭學史》中說到郭璞對於楚辭學的貢獻時，認為「郭氏在《楚辭》校刊學上的貢獻」，並舉了三處例子，分別為：

　　《離騷》：「覽察草木其猶未得兮，豈珵美之能當？」，敦煌《楚辭音》殘卷上此句「珵」下注云「郭本止作程，取同音。」〔註44〕

　　《天問》：「一蛇吞象，厥大何如。」《山海經・海內南經》郭注：「今南方蚺蛇吞鹿，鹿已爛，自絞於樹，腹中骨皆穿鱗甲間出。此其類也。《楚辭》曰：『有蛇吞象。厥大何如？』說者云長千尋。」「一蛇」郭璞所見為「有蛇」。〔註45〕

　　《天問》：「羿焉彈日，烏焉解羽。」《山海經・海外東經》郭注：

〔註42〕　（漢）司馬遷：《史記》，北京：中華書局，1956年，第3005頁。
〔註43〕　（晉）郭璞注，（清）畢沅校：《山海經》，上海：上海古籍出版社，1989年，第118頁。
〔註44〕　易重廉：《中國楚辭學史》，長沙：湖南出版社，1991年，第98頁。
〔註45〕　易重廉：《中國楚辭學史》，長沙：湖南出版社，1991年，第99頁。

「《淮南子》亦云：『堯乃令羿射十日，中其九日。日中烏盡死。』《離騷》所謂『羿焉畢日？烏焉落羽？』者也。」郭璞所見到的《楚辭》將「彈」寫為「畢」，「解」為「落」。〔註46〕易重廉先生舉了三個例子說明郭璞對《楚辭》的校勘貢獻。本書在搜集資料中，發現還有八處與王逸《楚辭章句》不同者。

1. 《湘君》：「水周兮堂下。」

《山海經・海外西經》郭注：「周，猶繞也。《離騷》曰：『水周於堂下』是也。」〔註47〕

校：「兮」為「於」。

2. 《湘夫人》：「遺餘褋兮醴浦。」

《方言》郭注：「《楚辭》曰：『遺餘褋兮澧浦。』音簡牒。」〔註48〕

校：「醴」為「澧」。

3. 《天問》：「靡蓱九衢。」

《山海經・中山經》郭注：「言樹枝交錯，相重五出，有像衢路也。《離騷》曰：『靡萍九衢。』」〔註49〕

校：「蓱」為「萍」。

4. 《天問》：「焉得夫樸牛。」

《山海經・北山經》郭注：「或作撲牛。撲牛見《離騷》《天問》。所未詳。」〔註50〕

校：「樸」為「撲」。

〔註46〕 易重廉：《中國楚辭學史》，長沙：湖南出版社，1991年，第99頁。

〔註47〕 （晉）郭璞注，（清）畢沅校：《山海經》，上海：上海古籍出版社，1989年，第65頁。

〔註48〕 華學誠彙證：《楊雄方言校釋彙證》，北京：中華書局，2006年，第266頁。

〔註49〕 （晉）郭璞注，（清）畢沅校：《山海經》，上海：上海古籍出版社，1989年，第84頁。

〔註50〕 （晉）郭璞注，（清）畢沅校：《山海經》，上海：上海古籍出版社，1989年，第36頁。

5. 《招魂》：「赤蟻若象，玄蠭若壺些。」

　　　《山海經・海內北經》郭注：「蛾，虼蜉也。《楚辭》曰：
『玄蜂如壺，赤蛾如象。』謂此也。」〔註51〕

校：「赤蟻若象，玄蠭若壺些」為「玄蜂如壺，赤蛾如象。」

6. 《大招》：「朱唇皓齒，嫭以姱只。」

　　　《史記・司馬相如傳・上林賦》《索隱》引郭注：「鮮明
貌也。《楚辭》曰：『美人皓齒妌以姱。』」〔註52〕

校：「朱唇皓齒，嫭以姱只」為「美人皓齒，妌以姱。」

7. 《大招》：「嫮目宜笑，娥眉曼只。」

　　　《史記・司馬相如傳・上林賦》《索隱》引郭注：「《楚
辭》曰：『美人皓齒妌以姱。』又曰：『嫮目宜笑，蛾眉曼。』」
〔註53〕

校：加「只」。

8. 《九歎・遠遊》：「絕都廣以直指兮。」

　　　《山海經・海內經》郭注：「《離騷》曰：『絕都廣野而直
枑號。』」〔註54〕

校：「《九歎・遠遊》絕都廣以直指兮」為「《離騷》絕都廣野而直
枑號」。

　　郭璞遍注典籍，他在注解其他典籍時候引《楚辭》句，與王逸《楚
辭章句》相差不多，但也有一些值得思索。

　　如《湘君》「水周兮堂下」句，郭璞引為「水周於堂下」。聞一多、
姜亮夫都成說過《九歌》「兮」字代替連詞和介詞等來用。郭璞此處以
「於」替代「兮」，或許是這種說法的始祖。

〔註51〕　（晉）郭璞注，（清）畢沅校：《山海經》，上海：上海古籍出版社，1989
　　　　年，第95頁。
〔註52〕　（漢）司馬遷：《史記》，北京：中華書局，1956年，第3041頁。
〔註53〕　（漢）司馬遷：《史記》，北京：中華書局，1956年，第3041頁。
〔註54〕　（晉）郭璞注，（清）畢沅校：《山海經》，上海：上海古籍出版社，1989
　　　　年，第118頁。

另有《招魂》「赤螘若象，玄蠭若壺些」句，郭璞引為「玄蜂如壺，赤蛾如象」。不僅在語序上有變化，也保留了異體字。

《大招》中「朱唇皓齒，嫭以姱只」句，郭注改「朱唇」為「美人」，二詞在意象上相通，但美人更為直接，疑郭璞記憶有誤。

郭璞亦將王逸《楚辭章句》《九歎·遠遊》中：「絕都廣以直指兮」引為「《離騷》絕都廣而直柏號」。這也可能是郭璞記憶有誤。

郭璞注解《楚辭》，是具有重要的校勘之功的，其保留下來的《楚辭》原句有助於我們看兩晉之時《楚辭》流傳情況。

四、郭璞《楚辭注》注釋思想

由於郭璞直接提到的《楚辭》的注解內容不多，無法全面地看待他的注釋特色。在郭璞提到的直接言語中，能看到他對「九歌」「九辯」「洞庭」等中涉及的傳說的理解，以上古神話傳說注解楚辭是他注釋思想的指導。

前人在闡釋郭璞《楚辭注》的貢獻時候，往往直接引用郭璞《楚辭注》的參證材料，如從《方言》的條目中，找到與《楚辭》作品相同字詞，然後來看郭璞注解。易重廉《中國楚辭學史》中談到郭璞對《楚辭》方言學上的貢獻時：

> 《九歌·湘夫人》云：「遺餘褋兮澧浦。」王逸注云：
> 「褋，襜襦也。」未引言為楚方言。《方言》云：「襌衣，
> 江、淮、南楚之間謂之褋。」郭注引《湘夫人》「遺餘褋兮
> 澧浦」曰「音簡牒。」從揚雄以「褋」為楚方言，補王注之
> 遺。〔註55〕

「褋」是楚方言詞彙乃是揚雄的認識，而郭璞只是注解並未直接在對《楚辭》注解時候說明，易先生的論證角度是從郭璞的《方言》注解引《楚辭》詩句，然後得出結論郭璞意識到此詞彙為方言詞，從而斷定郭璞以方言解楚辭。

〔註55〕 易重廉：《中國楚辭學史》，長沙：湖南出版社，1991年，第99頁。

　　本書以為這種論證方法是錯誤的。目前並沒有郭璞《楚辭注》的文本流傳，後人通過鈎沉輯錄的是參證類內容，而郭璞直接評論的《楚辭》對字詞訓詁方面並無涉及。所以這種論證是不能直接反映郭璞的注釋特色的。又如名物訓詁方面，也是以參證資料為主，這種以確切字詞為出發點的考察，不太適用。而從注釋思想上來探索，本書以為是可行的。

　　本書以為通過本節第二部分對郭璞直接提及到的《楚辭》注解，可以看出郭璞對《楚辭》的注釋思想，他對《楚辭》中的典故和名詞解釋，可以體現他對《楚辭》作品中提到的傳說的看法。

　　《山海經》中保存了大量的上古傳說，郭璞為《山海經》作注，且以《楚辭》之句互為參照，也能看出郭璞對待《楚辭》的理解，因郭璞好道甚篤，他注《楚辭》時不免有神仙方家之氣，而正是這一點，也較好地把屈作的浪漫色彩闡發而出。引用神話故事是郭璞解《楚辭》的一大特點，注釋是以神話傳說為參照的。

（一）《離騷》「啟九辯與九歌兮，夏康娛以自縱」句〔註56〕

　　《山海經‧大荒西經》原文曰：「開上三嬪於天，得《九辯》與《九歌》以下。」郭璞注解說：「皆天帝樂名也。開登天而竊以下用之也。開筮曰：『昔彼《九冥》，是與帝《辯》同宮之序，是為《九歌》。』又曰：『不得竊《辯》與《九歌》以國於下。』義具見於《歸藏》。」〔註57〕

　　郭璞認為《九歌》《九辯》是天帝樂名。

　　在《天問》「啟棘賓商，九辯九歌」句中也有提及《九歌》《九辯》之句，郭璞在《山海經‧大荒西經》「開上三嬪於天」條後注解曰：「嬪，婦也。言獻美人於天帝。餘詳《離騷》。」

〔註56〕　本節所引材料自（宋）洪興祖：《楚辭補注》，北京：中華書局，1983年；（晉）郭璞注，（清）畢沅校：《山海經》，上海：上海古籍出版社，1989年。

〔註57〕　（晉）郭璞注，（清）畢沅校：《山海經》，上海：上海古籍出版社，1989年，第113頁。

關於《九辯》《九歌》為何者，一直是注解《離騷》中頗有爭議的焦點。

王逸《楚辭章句》云：

> 《九辯》《九歌》，禹樂也。言禹平治水土，以有天下，啟能承先志，纘敘其業，育養品類，故九州之物，皆可辨數，九功之德，皆有次序，而可歌也。〔註58〕

而郭璞並不認同王逸之說，而是以《山海經》三嬪昇天的故事，注解《九辯》《九歌》。以神話傳說注解《楚辭》的先例由此而開。

之後洪興祖注《楚辭》，他引用《山海經》及郭璞注，認為：

> 王逸不見《山海經》，故以為禹樂。
>
> 《騷經》《天問》多用《山海經》；而劉勰《辨騷》以「康回傾地」「夷羿弊日」為「詭譎之談」，「異乎經典」。如高宗夢得說，姜嫄履帝敏之類，皆見於《詩》《書》，豈誣也哉？〔註59〕

郭璞用《山海經》的神話故事注解《楚辭》，這點得到了洪興祖的認可。

而後，兩派爭端逐漸加深。

朱熹認為，王逸雖然不見古文《尚書》，但是依據《左傳》為說，則不誤矣。他對洪興祖提出了反駁：

> 至洪氏為《補注》，正當據經傳以破二誤，而不唯不能，顧及反引《山海經》「三嬪」之說以為證，則又大為妖妄，而其誤益以甚矣。然為《山海經》者，本據此書而傳會之，其於此條，蓋又得其誤本，其他謬妄之可驗者亦非一，而古今諸儒，皆不之覺，反謂屈原多用其語，尤為可笑。〔註60〕

〔註58〕（漢）王逸：《楚辭章句》（宋·洪興祖：《楚辭補注》，北京：中華書局，1983年，第21頁。）

〔註59〕（宋）洪興祖：《楚辭補注》，北京：中華書局，1983年，第21頁。

〔註60〕（宋）朱熹撰，蔣立甫校點：《楚辭集注·楚辭辯證》，上海：上海古籍出版社，2001年，第174頁。

之後，支持以《山海經》注解的有錢杲之、翁方綱、朱駿聲等等，而支持以《尚書‧虞書》理解此句的有張鳳翼、汪瑗、李陳玉、徐煥龍等等。

在此問題上，游國恩先生總結說：

> 屈子之文是否多本《山海經》，與《山海經》是否襲取《楚辭》，姑勿具論；然古事之傳聞異辭者多矣。戰國之世，諸子雲興，異端鋒出，屈子博古多聞，離憂作賦，雜陳往事，以儆時君而已，豈必如後世儒者，斤斤焉執書傳以求之哉！〔註61〕

顯然不必糾結於屈子文與《山海經》之先後，但以《山海經》參照屈子文的先例，實乃始自郭璞。

（二）《湘君》「遭吾道兮洞庭」句

《山海經》曰：「洞庭之山，帝之二女居之。是常遊於江淵、澧、沅之風，交瀟湘之淵，出入多飄風暴雨。」郭璞注云：「言二女遊戲江之淵府，則能鼓動三江，令風波之氣共相交通。」〔註62〕

在《博物志》中有記載：「洞庭君山，帝之二女居之，曰湘夫人。」《山海經》也同樣有此記載，對於洞庭傳說，郭璞繪聲繪色地描繪了二女居於洞庭的情況，猶如親見。

（三）《天問》「一蛇吞象，厥大何如」句

《山海經‧海內南經》有云：「巴蛇食象，三歲而出其骨，君子服之，無心腹之疾。」郭璞注解：「今南方蚒蛇吞鹿，鹿已爛，自絞於樹，腹中骨皆穿鱗甲間出。此其類也。《楚辭》曰：『有蛇吞象。厥大何如？』說者雲長千尋。」〔註63〕

〔註61〕 游國恩：《離騷纂義》（《游國恩楚辭論著集》第一卷），北京：中華書局，2008年，第215頁。

〔註62〕 （晉）郭璞注，（清）畢沅校：《山海經》，上海：上海古籍出版社，1989年，第77頁。

〔註63〕 （晉）郭璞注，（清）畢沅校：《山海經》，上海：上海古籍出版社，1989年，第91頁。

在《山海經圖贊》中，郭璞亦說：「象實巨獸，有蛇吞之。越出其骨，三年為期。厥大何如。屈生是疑。」〔註64〕

王逸引《山海經》注此句曰：「《山海經》云，南方有靈蛇，吞象，三年然後出其骨。」〔註65〕郭璞顯然順承王逸之說，以傳說注解。並在《山海經圖贊》的詞中，發出了「厥大何如，屈生是疑」的感歎。

（四）《天問》「羿焉彃日，烏焉解羽」句

《山海經·海外東經》載：「湯谷上有扶桑，十日所浴。在黑齒北，居水中。有大木，九日居下枝，一日居上枝。」

王逸在注解此句時，引《淮南子》語：

《淮南》言堯時十日並出，草木焦枯，堯命羿仰射十日，

中其九日，日中九烏皆死，墮其羽翼，故留其一日也。〔註66〕

郭璞在繼承王逸解釋的基礎上，又云：

莊周云：「昔者十日並出，草木焦枯。」《淮南子》亦云：

「堯乃令羿射十日，中其九日。日中烏盡死。」《離騷》所謂

「羿焉彃日？烏焉解羽？」者也。〔註67〕

但郭璞的注解則更為全面。他引用《山海經·海外東經》「湯谷上有扶桑，十日所浴。在黑齒北，居水中。有大木，九日居下枝，一日居上枝」的繼續解釋到：

《歸藏鄭母經》云：「昔者羿善射，畢十日。果畢之。」

《汲郡竹書紀年》：「允甲即位，居西河，有妖孽，十日並出。」

明此自然之異，有自來矣。傳曰：「天有十日。日之數十。」

〔註64〕 （清）嚴可均輯：《全上古三代秦漢三國六朝文》，北京：中華書局，1958 年，第 2166 頁。

〔註65〕 （漢）王逸：《楚辭章句》（宋·洪興祖：《楚辭補注》，北京：中華書局，1983 年，第 95 頁。）

〔註66〕 （漢）王逸：《楚辭章句》（宋·洪興祖：《楚辭補注》，北京：中華書局，1983 年，第 96 頁。）

〔註67〕 （晉）郭璞注，（清）畢沅校：《山海經》，上海：上海古籍出版社，1989 年，第 89 頁。

此云九日居下枝，一日居上枝。《大荒經》又曰：「一日方至，
一日方出。」明天地雖十日，自使以次第迭出運照，而今俱
見。為天下妖災。故羿稟堯之命，洞其靈誠，仰天控弦，而
九日潛退也。假令器用可以激水烈火，精感可以降霜回景，
然則羿之鑠明離而斃陽烏，未足為難也。若按之常情，則無
理矣。然推之以數，則無往不通。達觀之客，宜領其玄致。
歸之冥會，則逸義無滯，言奇不廢矣。〔註68〕

后羿射日的故事用以解答屈原之《天問》，充分且詳盡。

郭璞用神話傳說來闡釋《楚辭》意思，這是更符合屈原表達本意
的。神話傳說天馬行空，引人無盡遐想，屈原感於或引用上古神話而作
出帶著極強浪漫色彩的詩句，這也正是屈作放著光芒的特色。後世的
一些義理之說，淹沒了屈作的浪漫色彩，在解釋中更多闡發本朝之特
色。郭璞因其個人經歷、社會環境以及思潮的湧動，而以神話傳說理解
《楚辭》，且在一定程度上影響了後世諸如洪興祖《楚辭補注》的注解，
不能不說極有影響力。

郭璞注《楚辭》，對後世之注有著較為重要的影響。最為突出的體
現是在宋洪興祖《楚辭補注》之中。

《楚辭補注》中徵引郭璞注和郭璞說達28處。其中有直接引用郭
璞之語，如解釋「扈江離與辟芷兮」中江離，直接引：「郭璞云：江蘺，
似水芹。」「忳鬱邑余侘傺兮」中侘，直接引：「郭璞云：逗，即今住
也。」凡此種種。又有間接引用，如引《山海經》內容時，順引郭璞注，
這部分內容較多。洪興祖引《山海經》及其注，直接或間接地將郭璞與
《楚辭》聯繫起來，為後人在研究郭璞注《楚辭》時，提供了較多便
利，並且這種解讀思路，也為鉤沉郭璞對楚辭的解讀導引了方向。

洪興祖補注《楚辭》，有許多觀點繼承自郭璞，以《山海經》故事
注《騷》注《天問》等，影響了洪氏的諸多觀點。他以《山海經》故事

〔註68〕　（晉）郭璞注，（清）畢沅校：《山海經》，上海：上海古籍出版社，1989
年，第89頁。

解釋《九歌》《九辯》來由就是繼承了郭璞之說，對後世影響巨大。

洪興祖也善於運用《山海經》《爾雅》《方言》《穆天子傳》等來注解楚辭，這與郭璞注解那些作品有關。可見，洪興祖補注《楚辭章句》之法，有許多可能來源於郭璞之影響。

第三節　其他《楚辭》類注本研究

自齊梁阮孝緒首在《七錄》敘目中列「楚辭部」，後世著錄作品中都將楚辭類作品單錄。《隋書·經籍志》較為詳細地記載了隋前楚辭類作品及作者名。

《隋書·經籍志敘》記載：

《楚辭》十二卷（並目錄。後漢校書郎王逸注。）

《楚辭》三卷（郭璞注。）梁有《楚辭》十一卷，宋何
晏刪王逸注，亡。

《楚辭九悼》一卷（楊穆撰。）

《參解楚辭》七卷（皇甫遵訓撰。）

《楚辭音》一卷（徐邈撰。）

《楚辭音》一卷（宋處士諸葛氏撰。）

《楚辭音》一卷（孟奧撰。）

《楚辭音》一卷

《楚辭音》一卷（釋道騫撰。）

《離騷草木疏》二卷（劉杳撰。）

右十部，二十九卷。（通計亡書，十一部，四十卷。）

〔註69〕

《隋書·經籍志》所錄諸楚辭作品，漢代有王逸《楚辭集注》，隋

〔註69〕　（唐）魏徵等撰：《隋書》（卷四《經籍志》），北京：中華書局，1985
年，第 101 頁。

代有釋道騫《楚辭音》，其他約都在魏晉六朝期間。《隋書·經籍志》總結：

> 《楚辭》者……始漢武帝命淮南王為之章句，旦受詔，食時而奏之，其書今亡。後漢校書郎王逸，集屈原已下，迄於劉向，逸又自為一篇，並敘而注之，今行於世。隋時有釋道騫，善讀之，能為楚聲，音韻清切，至今傳《楚辭》者，皆祖騫公之音。〔註70〕

歷經兩漢，王逸將屈原及其模擬者的作品編輯成集並作注，為《楚辭集注》。《隋書》直接跳過魏晉南北朝時期，言隋朝有釋道騫，能說楚地方言，善讀《楚辭》，於是便傳有《楚辭音》。

魏晉南北朝時期，《楚辭》的研究勢弱，縱有諸多輯注、音義類研究著作，但僅僅存目而後世不傳。《隋書·經籍志》存目輯注類有晉代郭璞《楚辭注》三卷、晉皇甫遵《參解楚辭》七卷，音義類有晉徐邈《楚辭音》一卷、晉諸葛民《楚辭音》一卷、晉孟奧《楚辭音》一卷、佚名《楚辭音》、隋釋道騫《楚辭音》一卷。另有南朝梁劉杳撰《離騷草木疏》兩卷。

其中郭璞《楚辭注》經過後人鉤沉，得以見部分內容，上文已有論述。

至於其他作品，已亡逸不傳。對於這些沒有流傳下來作品，清人姚振宗在《二十五史補編·隋書經籍志考證》中做了較為有信服力的考證。本書參考姚振宗考證，對《隋書·經籍志》所列書目為條分別闡釋。

一、楊穆《楚辭九悼》

《隋書·經籍志》「《楚辭九悼》一卷，楊穆撰。」姚振宗案語曰：

> 案《後漢書·梁統傳》：統安定為烏氏人，子松。松弟

〔註70〕（唐）魏徵等撰：《隋書》（卷四《經籍志》），北京：中華書局，1985年，第 101 頁。

竦，少習《孟氏易》，弱冠能教授。後坐兄松事，與弟恭俱徙
九真。既祖南土，歷江、湖，濟沅、湘，感悼子胥、屈原以
非辜沉身，乃作《悼騷賦》，繫玄石而沉之。《傳》注引《東
觀漢記》載其文。宋洪興祖補注《楚辭·九思》篇曰：「揚雄
有《廣騷》，梁竦有《悼騷》，不知王逸奚罪其文，不以二家
之述為《離騷》之兩派也。」此《九悼》一卷疑即梁竦《悼
騷》，而楊穆為之注。與後周有楊穆，字紹叔，弘農華陰人，
仕至車騎將軍都督，并州刺史，附見其弟《楊寬傳》，不知是
否即此楊穆也。〔註71〕

姚振宗認為，後周弘農華陰人楊穆可能為此書作者，此書乃楊穆
注解東漢梁竦《悼騷賦》所成。

《楚辭九悼》原文不存。金末元初元好問在其《新軒樂府引》中
曾言及《九悼》：

　　　　陳後山追悔少作，至以《語業》命題，吾子不知耶。《離
騷》之《悲回風》《惜往日》，評者且以「露才揚己，怨懟沉
江」少之。若《孤憤》《四愁》《七哀》《九悼》絕命之辭，《窮
愁志》，《自憐賦》，使樂天知命者見之，又當置之何地耶。治
亂，時也。遇不遇，命也。衡門之下，自有成樂，而長歌之
哀甚於痛哭。安知憤而吐之者，非呼天稱屈耶。〔註72〕

元好問論宋代詩作時提到，「《孤憤》《四愁》《七哀》《九悼》絕
命之辭」，《孤憤》為戰國韓非子所作，《四愁》指漢張衡《四愁詩》，
《七哀》乃魏曹植所作《七哀詩》，而又列《九悼》，並稱為「絕命之
辭」，不知他此處所論《九悼》是否為《楚辭九悼》？《四庫總目提
要》稱：「楊穆有《九悼》一卷，至宋已佚。」〔註73〕元好問從何處

〔註71〕（清）姚振宗：《二十五史補編·隋書經籍志考證》，開明書店製版，
　　　　第627～628頁。
〔註72〕李修生主編：《全元文》（第一冊，卷一，新軒樂府引），南京：江蘇古
　　　　籍出版社，1997年，第311頁。
〔註73〕《四庫總目提要·卷一百四十八·集部一·集部總敘·楚辭類》。

得《九悼》猶未可知。然從他所舉之例中可推測，《九悼》內容定淒切悲傷，以至成為絕命之詞。

姚振宗所提及《悼騷賦》，是東漢安定烏氏（今甘肅省平涼市西北）人梁竦所作。其事蹟見於《後漢書‧梁統傳》：

> 竦字叔敬，少習《孟氏易》，弱冠能教授。後坐兄松事，
> 與弟恭俱徙九真。既徂南土，歷江、湖，濟沅、湘，感悼子胥、
> 屈原以非辜沉身，乃作《悼騷賦》，繫玄石而沉之。〔註74〕

梁竦主要活動在漢顯宗，即漢明帝劉莊在位期間（公元 28～75 年），梁竦卒於永元九年，即公元 97 年。〔註 75〕《全後漢文》收錄其《悼騷賦》。

而姚振宗認為，作《楚辭九悼》的楊穆可能是後周時期人。《周書‧卷二十二‧列傳第十四》記載：

> 寬二兄，穆、儉。（楊）穆字紹叔。魏永安中，除華州別
> 駕。孝武末，寬請以澄城縣伯讓穆，詔許之。仍拜中軍將軍、
> 金紫光祿大夫，除車騎將軍、都督并州諸軍事、并州刺史。
> 卒於家。贈驃騎大將軍、開府儀同三司、華州刺史。〔註76〕

楊穆是北魏後期鎮遠將軍、河間內史楊寬的兄長。以上文獻記載，楊穆生活於魏永安、孝午末等時期，大概是多於公元 528～534 年區間。這與梁竦相距大概有 400 多年。

姚氏作此推論，不知基於什麼理由，推測其原因，大概此楊穆為魏晉時期人物，且其事蹟著於《周書》。

但除此北魏楊穆以外，東漢亦有楊穆。《後漢書‧卷九十‧烏桓鮮卑列傳第八十》中記載：

〔註74〕（南朝）范曄撰，（唐）李賢等注：《後漢書》（卷三十四《梁竦列傳》），北京：中華書局，1965 年，第 1170 頁。

〔註75〕《全後漢文‧卷二十二》：「竦，字叔敬，松弟。坐松事徙九真，後聽還本郡。章帝納其女為貴人，生和帝。建初八年，為竇氏所陷，死獄中。永元九年，事白，追封褒親侯，諡曰愍侯。」

〔註76〕（唐）令狐德棻等撰：《周書》，北京：中華書局，1971 年，第 366 頁。

> 建光元年秋，（鮮卑）其至鞬復畔，寇居庸，雲中太守
> 成嚴擊之，兵敗，功曹楊穆以身捍嚴，與俱戰殁。鮮卑於是
> 圍烏桓校尉徐常於馬城。〔註77〕

此楊穆沒有更為詳細記載，但是據此可以推測，其出現時間為東漢建光元年，即公元 121 年。而通過其抵抗鮮卑來看，鮮卑族侵犯至居庸關，雲中太守為成言，而楊穆任功曹。大概地方可知為東漢雲中郡位置，今河北、內蒙古交界處。而功曹為漢代官職名。漢代郡府中有功曹史和功曹掾，簡稱功曹，他們除掌管郡吏的任免外，可以參與處理政事，也可以代行太守職務。〔註78〕所以雲中郡功曹楊穆為文官，而史書記載他「以身捍嚴」，頗具氣節。

當然，此條不足以證明《後漢書》所記載的楊穆就是《楚辭九悼》的作者，但是這可以是一個新的思路，本書也僅僅在此提出推測：

東漢雲中郡功曹楊穆，有更多的機會得見同時期文人的楚辭作品，無論是從時間、還是地點上來看，都更有可能寫出或者注解成《楚辭九悼》。

二、皇甫遵《參解楚辭》

《隋書·經籍志》「《參解楚辭》七卷，皇甫遵訓撰。」姚氏考證：

> 皇甫遵有《吳越春秋傳》，詳見《史部·雜史類》。
>
> 案：此殆取王逸、郭璞、何晏三家注本而參考為訓解也。
>
> 〔註79〕

皇甫遵為隋代人，其身世不可考。《隋書·經籍志》「雜史類」記載「《吳越春秋》十卷，皇甫遵撰。」《唐志》裏載其作為《吳越春秋

〔註77〕 （南朝）范曄撰，（唐）李賢等注：《後漢書》（卷九十《烏桓鮮卑列傳》），北京：中華書局，1965 年，第 2987 頁。

〔註78〕 安作璋、熊鐵基：《秦漢官制史稿》，濟南：齊魯書社，2007 年，第 591頁。

〔註79〕 （清）姚振宗：《二十五史補編·隋書經籍志考證》，開明書店製版，第 628 頁。

傳》，《崇文總目》曰：「遵合趙曄、楊方二家之書，考定而注之《宋志》入別史類。」東漢趙曄撰有《吳越春秋》，而此著在後世流傳中，因東晉楊方和皇甫遵的先後整理而引起了著作權之爭。姚氏此處考皇甫遵有《吳越春秋傳》，可見乃為書之注本類，並非撰寫。而皇甫遵除了注解《吳越春秋》，也對《楚辭》進行訓解。姚氏認為皇甫遵在王逸、郭璞即何晏三家注本上進行注解，推測合理。

三、《楚辭音》類

（一）《楚辭音》一卷，徐邈撰

徐邈，晉代學者，字仙民，東莞姑幕人。事蹟見《晉書·卷九十一·儒林傳》。其作品多不傳，清人馬國翰《玉函山房輯佚書》輯錄其作品有：《春秋穀梁傳義》十卷、《春秋左傳音》一卷、《春秋穀梁傳音》三卷、《周禮音》一卷、《古文尚書音》一卷、《毛詩音》一卷、《古文尚書音》一卷、《毛詩音》一卷、《論語音》一卷。

（二）《楚辭音》一卷，宋處士諸葛氏撰

姚振宗案語曰：

> 此疑即諸葛璩，字幼玟，琅琊陽都人，世居京口，事徵士關康之，復師征士榮緒。榮緒，著《晉書》有發擿之功者也。見《梁書·處士傳》《南史·隱逸傳》。〔註80〕

諸葛璩為南朝處士。他「博涉經史」〔註81〕，到了南朝齊建武初年，南徐州行事江祀曾饗明帝推薦諸葛璩，其薦詞為「璩安貧守道，悅《禮》敦《詩》，未嘗投刺邦宰，曳裾府寺，如其簡退，可以揚清厲俗。請辟為議曹從事。」謝朓為東海太守時頒教令《臨東海餉諸葛璩穀教》曰：「處士諸葛璩，高風所漸，結轍前修。豈懷珠披褐，韞玉待價。將幽貞獨往，

〔註80〕　（清）姚振宗：《二十五史補編·隋書經籍志考證》，開明書店製版，
　　　　　第 628 頁。
〔註81〕　（唐）姚思廉：《梁書》（卷五十一·列傳第四十五），北京：中華書局，
　　　　　1973 年，第 744 頁。

不事王侯者邪。」〔註82〕讚揚他高潔品質以及隱逸不仕的行為。

　　諸葛璩善於講學，他的學生頗多。《梁書》記載「璩性勤於誨誘，後生就學者日至，居宅狹陋，無以容之，太守張友為起講舍。璩處身清正，妻子不見喜慍之色。旦夕孜孜，講誦不輟，時人益以此宗之。」諸葛璩為人清正嚴肅，並勤學講誦，至於其所教授內容，《梁書》中記載：「（臧）盾幼從征士琅邪諸葛璩受《五經》，通章句。璩學徒常有數十百人，盾處其間，無所狎比。」〔註83〕《五經》乃其講解，而至於「誦」，可猜測非《詩》《騷》莫屬。有如此品行之人，為《楚辭音》較為可信。

　　「璩所著文章二十卷，門人劉曒集而錄之。」〔註84〕《通志略》載「南徐州秀才《諸葛璩集》，十卷。」〔註85〕諸葛璩有文集，但已亡逸。

（三）《楚辭音》一卷，孟奧撰

　　孟奧生平不詳。其作品記載還有《北征記》，是一部地理學作品。

（四）《楚辭音》一卷

　　不著撰人。

四、劉杳《離騷草木疏》

　　《隋書・經籍志》「《離騷草木疏》二卷，劉杳撰。」姚氏考證：

　　　劉杳有《壽光書苑》見《子部・雜家》。

　　　《梁書・文學》傳杳博識強記，自少至長多所著述，撰

　　　《要雅》五卷，《楚辭草木疏》一卷，《高士傳》二卷，《東宮

〔註82〕 （唐）姚思廉：《梁書》（卷五十一・列傳第四十五），北京：中華書局，1973 年，第 744 頁。

〔註83〕 （唐）姚思廉：《梁書》（卷四十二・列傳第三十六），北京：中華書局，1973 年，第 600 頁。

〔註84〕 （唐）姚思廉：《梁書》（卷五十一・列傳第四十五），北京：中華書局，1973 年，第 744 頁。

〔註85〕 （唐）姚思廉：《梁書》（卷五十一・列傳第四十五），北京：中華書局，1973 年，第 745 頁。

新舊記》三十卷,《古今四部書目》五卷並行於世。

《唐書・經籍志》《離騷草木蟲魚疏》二卷,劉杳撰。

《唐書・藝文志》劉杳《離騷草木蟲魚疏》二卷。

宋吳仁傑《離騷草木疏》序曰:昔劉杳為《草木疏》二卷,
見於本傳,其書今亡矣。杳疏凡王逸所集者皆在焉。〔註86〕

南朝梁劉杳,其事蹟見於《梁書》〔註87〕,他「自少至長,多所
著述。撰《要雅》五卷、《楚辭草木疏》一卷、《高士傳》二卷、《東宮
新舊記》三十卷、《古今四部書目》五卷,並行於世。」

《離騷草木疏》把動植物分別梳理加以解釋,而早在三國時期,
吳人陸璣《毛詩草木鳥獸蟲魚疏》就以此法分門別類注疏,劉杳模仿其
行也未可知。但劉杳以《離騷》為研究對象,並以疏解其中名詞為形
式,使楚辭的研究出現了新的局面,也對後人影響深遠。歷代楚辭類草
木疏作品或可宗於此。

對於劉杳《離騷草木疏》何時亡逸,《隋書》記載劉杳注疏《離騷》
者為《離騷草木疏》,而到了《唐書》,加入「蟲魚」二字,推測五代後
晉時劉昫等史臣是有見到過此書的,並根據其書內容進行更精確的命
名。宋代吳仁傑作《離騷草木疏》的時候,已不得見劉杳之書。吳仁傑
說劉杳「疏凡王逸所集者皆在焉」,而他僅僅取「諸二十五篇之文,故
命曰《離騷草木疏》」〔註88〕吳仁傑對劉杳之書還是有一定程度的瞭解,
可能曾聽聞。劉杳《離騷草木疏》大概在北宋至南宋年間亡逸。

以上為魏晉六朝時期楚辭類作品的大概情況介紹。

六朝數百年戰亂紛飛,古籍保存不易,然幸得於隋代對圖書的
收藏與整理,今人尚可在《隋書》中看到那個時代書籍之吉光片羽。

〔註86〕　(清)姚振宗:《二十五史補編・隋書經籍志考證》,開明書店製版,
第 628 頁。

〔註87〕　(唐)姚思廉:《梁書》(卷五十・列傳第四十四),北京:中華書局,
1973 年,第 708 頁。

〔註88〕　(宋)吳仁傑:《離騷草木疏(序)》,北京:中華書局影印本,1987 年。

《隋書‧經籍志》載：

> 元帝克平侯景，收文德之書及公私經籍，歸於江陵，大
> 凡七萬餘卷。周師入郢，咸自焚之。陳天嘉中，又更鳩集，
> 考其篇目，遺闕尚多。其中原則戰爭相尋，干戈是務，文教
> 之盛，符、姚而已。宋武入關，收其圖籍，府藏所有，才四
> 千卷。赤軸青紙，文字古拙。後魏始都燕、代，南略中原，
> 粗收經史，未能全具。孝文徙都洛邑，借書於齊，秘府之中，
> 稍以充實。暨於尒朱之亂，散落人間。後齊遷鄴，頗更搜聚，
> 迄於天統、武平，校寫不輟。後周始基關右，外逼強鄰，戎
> 馬生郊，日不暇給。保定之始，書止八千，後稍加增，方盈
> 萬卷。周武平齊，先封書府，所加舊本，才至五千。〔註89〕

歷史動盪之時，經籍由七萬卷而零落消散至五千，實讓後人慨歎。而楚辭類著作大多也化為戰火中的灰燼，留存下來的，也只能是從後世著作中尋找點滴文辭以管窺原貌了。

〔註89〕 （唐）魏徵等撰：《隋書》（卷四《經籍志》），北京：中華書局，1985年，第 907～908 頁。

第二章　魏晉南北朝時期屈原評價研究

　　屈原的形象是光輝燦爛的，他那高貴的人格，張揚的個性、橫溢的才華和炙烈的情感為後世文人所敬仰。他的精神和追求影響著一代代文人。郭沫若說過：「不但在中國的文學思想上有極偉大極長遠的影響，就是在普通人的精神中，我們也可以找出他的影響的深刻痕跡……我可以武斷地說，在屈原死後的兩千餘年，無論何時何代的中國人，都是在他的偉大影響之下，都在他的精神感召之下。」[註1]

　　漢代文人對屈原高潔的品格、忠貞愛國之志以及浪漫主義精神都給予了高度的評價。到了魏晉南北朝時期，文人們對屈原的不遇遭遇更為同情，大多以屈原哀情感自身的命運，所以會有許多情感上的共鳴。但此時對屈原忠貞不二的忠君愛國情懷關注較少，只是體現在將屈原與伍子胥等賢臣的並稱中來稱讚，這是較為隱性的評價。魏晉南北朝因隱逸之風的盛行對屈原自沉的行為表達了不滿，認為屈原應當求全而自保，所以出現了對他自沉的批評。在對屈原間接的評價中，以「屈伍」和「屈賈」為並稱，反映了魏晉南北朝時期文人們對屈原形象符號化的處理，「屈伍」體現的是不為君主所容、被讒佞陷害並已死殉國的受難剛直形象，「屈賈」則體現了士人不遇的悲哀形象。

〔註1〕郭沫若：《郭沫若文集》（第十二卷），北京：人民文學出版社，1957年，第93頁。

第一節　漢代屈原評價概述

　　《楚辭》為中國古代浪漫主義文學的源頭，《惜誦》有云「惜誦以致愍兮，發憤以抒情」，「發憤以抒情」是屈原作《楚辭》的目地，他以「抒情」而「言志」。〔註2〕屈原的「發憤以抒情」來自於他內心已經擁有太多承載不下的「情」與「志」需要傾吐，正因為「情」「志」宣洩而出，才能讓後人看到一個形象完整而高貴的屈原形象。

　　屈原的情為：「苟余情其信姱以練要兮，長顑頷亦何傷」（《離騷》）、「荃不察余之中情兮，反信讒而音期怒」「苟余情其信姱以練要兮，長顑頷亦何傷」（《離騷》）、「不吾知其亦已兮，苟余情其信芳」（《離騷》）、「情沉抑而不達兮，又蔽而莫之白也」（《九章‧惜誦》）、「心鬱邑余侘傺兮，又莫察余之中情」（《九章‧抽思》）、「茲歷情以陳辭兮，蓀佯聾而不聞」（《九章‧抽思》）、「申旦以舒中情兮，志沉菀而莫達」、（《九章‧思美人》）「結微情以陳詞兮，矯以遺夫美人」（《九章‧抽思》）、「撫情效志兮，俛屈而自抑」（《九章‧懷沙》）。屈原的為群小所傷之悲情；心志不達、君王不察之哀情；忠貞愛國、至死不渝之豪情如滔滔江水奔湧而出。

　　屈原的志，首先是被壓抑著得不到實現的志：「屈心而抑志兮，忍尤而讓垢」（《離騷》）、「欲變節以從俗兮，媿易初而屈志」（《九章‧思美人》）、「有志極而無旁」（《九章‧惜誦》）、其次是他會自己堅守到底的「志」：「欲橫奔而失路兮，堅志而不忍」（《九章‧惜誦》）、「介眇志之所惑兮，竊賦詩之所明」（《九章‧悲回風》）。

　　由於屈原的情可哀，志可贊，從漢代開始，文人們便以自身的體悟為出發點，對屈原有了眾多角度的品評。

　　從漢以來，評屈者不勝枚舉，而兩漢時代對於屈原精神和人格的概括也會對這個時期的文人形成一些影響。西漢時期，基於屈原及其

〔註2〕張少康，劉三富著：《中國文學理論批評發展史》（上卷），北京：北京大學出版社，1995年，第97頁。

後繼者作品的流傳，漢人便開始對屈原進行評價及研究。

淮南王劉安堪稱對屈原及其作品研究的發軔者。《漢書·淮南王傳》載：「淮南王安入朝，獻所作《內篇》，新出，上愛祕之。使為《離騷傳》，旦受詔，日食時上。」〔註3〕可惜《離騷傳》此後失傳，根據司馬遷《史記·屈原賈生列傳》、班固《離騷序》、劉勰《文心雕龍·辨騷》等的片段記載，可知劉安評騷為：「國風好色而不淫，小雅怨誹而不亂，若離騷者可謂兼之矣。蟬蛻濁穢之中，浮遊塵埃之外，皎然泥而不滓，推此志，雖與日月爭光可也。」

劉安以為《離騷》兼風雅之長，「雖與日月爭光可也」，這一評介可謂影響深遠。屈原的人格及其作品的魅力因此更為受漢人矚目。

司馬遷《史記·屈原賈生列傳》第一個為屈原做傳。司馬遷以一介史家的客觀公允視角對屈原的生平做了描述，並以文學家之悲憫情懷對屈原的一生做了品評。他首先引用了劉安的評價，可見其認同之心，然後他因自身遭遇的悲痛對屈原之怨發出了共鳴：「……屈平正道直行，竭忠盡智以事其君，讒人間之，可謂窮矣。信而見疑，忠而被謗，能無怨乎？」〔註4〕這種剖析是感同身受的。以致後人發出了「後之視今，亦猶今之視夕」之感。劉熙載《藝概》：「太史公《屈原傳贊》曰『悲其志』，又曰『未嘗不垂涕，想見其為人』，志也，為人也，論屈子辭者，其斯為觀其深哉！」〔註5〕章學誠《文史通義·知難》：「人知《離騷》為詞賦之祖矣，司馬遷讀之而悲其志，是賢人之知賢人也。」〔註6〕

司馬遷對屈原的忠直、行廉志潔加以褒揚，對其「怨」予以理解，

〔註3〕 （漢）班固撰，（唐）顏師古注：《漢書》（《淮南王傳》），北京：中華書局，1975年，第1333頁。
〔註4〕 （漢）司馬遷：《史記·屈原賈生列傳》，北京：中華書局，1975年，第2482頁。
〔註5〕 （清）劉熙載著，王氣中箋注：《藝概箋注》，貴陽：貴州人民出版社，1986年，第18頁。
〔註6〕 （清）章學誠撰，葉瑛校注：《文史通義校注》，北京：中華書局，2014年，第425頁。

同時對於屈原做《離騷》的美刺、諷諫意圖也做了分析：「上稱帝嚳，下道齊桓，中述湯武，以刺世事。明道德之廣崇，治亂世之條貫，靡不畢見。」「作辭以諷諫，連類以爭議。」司馬遷可謂更進一步發掘了屈原的精神內涵。

逮至劉向，他集屈原及後人作品十六篇〔註7〕，為「楚辭」。劉向《新序・節士篇》亦對屈原做了介紹：「屈原者，名平，楚之同姓大夫，有博通之知，清潔之行，懷王用之。……屈原疾闇主亂俗，汶汶嘿嘿，以是為非，以清為濁，不忍見污世，將自投於淵，漁父止之。」〔註8〕劉向以清潔之行、不忍見於污濁之世為屈之自沉動機，承前人看法。

又至揚雄，其《法言・吾子》中載：「或問景差、唐勒、宋玉、枚乘之賦也益乎？曰：必也淫。淫則奈何？曰：詩人之賦麗以則，辭人之賦麗以淫。」揚雄將景差、唐勒之賦歸為「辭人之賦」，其對除屈原之外的楚辭作家的作品是也有貶意的。當然這並未影響揚雄對屈原其人的推崇。《漢書・揚雄傳》中記載：「又怪屈原文過相如，至不容，作《離騷》，自投江而死，悲其文，讀之未嘗不流涕也。以為君子得時則大行，不得時則龍蛇，遇不命也，何必身哉！乃作書，往往摭《離騷》文而反之，自岷山投諸江之流以弔屈原，名曰《反離騷》。又旁《離騷》作重一篇，名曰《廣騷》，又旁《惜誦》以下至《懷沙》一卷，名曰《畔牢愁》。」揚雄對屈原遭遇流露了同情，但是他不贊成屈原自沉的行為，以至於他發出「遇不命也，何必身哉！」的歎息。也正是揚雄的這番慨歎，使得對屈原的評價並非一味的推崇，東漢學者對他的是非之爭由此而發。

班固《離騷序》基本否定了劉安的讚揚。「今若屈原，露才揚己，

〔註7〕 四庫全書總目提要記載：初劉向集屈原《離騷》《九歌》《天問》《九章》《遠遊》《卜居》《漁父》，宋玉《九辯》《招魂》，景差《大招》，而以賈誼《惜誓》、淮南小山《招隱士》、東方朔《七諫》、嚴忌《哀時命》、王褒《九懷》，及向所作《九歎》，共為楚辭十六篇。是為總集之祖。
〔註8〕 （漢）劉向著，石光瑛校釋，陳新整理：《新序校釋・節士篇》，北京：中華書局，2001年，第936～948頁。

競乎危國群小之間，以離讒賊。然責數懷王，怨惡椒、蘭，愁神苦思，強非其人，忿懟不容，沉江而死，亦貶潔狂狷景行之士。多稱崑崙、冥婚宓妃虛無之語，皆非法度之政，經義所載。謂之兼風雅而與日月爭光，過矣。」班固對於屈原「露才揚己」、「數責懷王」、「貶潔狂狷」等諸多否定，形諸於東漢儒家正統思想下，對於屈原的非難亦是一代環境影響下的一代人物品評標準。

正是有了這種正反的思辯，屈原的形象與品質才更為突出顯現。王逸作為第一部完整的楚辭注本《楚辭章句》的注者，他對屈原的品行更為全面與深刻。他在《離騷經序》中反駁班固、讚揚屈原：「今若屈原，膺忠貞之質，體清潔之性，直若砥矢，言若丹青，進不隱其謀，退不顧其命，此誠絕於世之行，俊彥之英也。而班固謂之露才揚己，競於群小之中，怨恨懷王，譏刺椒、蘭，苟欲求進，強非其人，不見容納，忿懟自沉，是虧其高明，而損其清潔者也。……而論者以為露才揚己，怨刺其上，強非其人，殆失厥中矣。」〔註9〕

王逸贊屈原為「忠貞之質」、「清潔之性」、「進不隱其謀，退不顧其命」這些都是對他的高潔品質的最直接概括。王逸評價人臣當何為的時候，說到：「且人臣之義，以忠正為高，以伏節為賢。故有危言以存國，殺身以成仁。……若夫懷道以迷國，佯愚而不言，顛則不能扶，危則不能安，婉娩以順上，逡巡以避患，雖保黃者，終壽百年，蓋志士之所恥，愚夫之所賤也。」王逸以忠君愛國之標準，對「佯愚而不言」者頗為不齒，而對於直諫怨刺的屈原來說，定是人臣楷模。

漢代一統環境下的文人，對屈原的評價更趨於「忠」，對其行更看重「潔」，對其投江自沉，同情同悲。當然，班固對屈原有「露才揚己」不能明哲保身的非議，也不能否定他內心對屈原的認同。《漢書・賈誼傳》中：「屈原，楚賢臣也，被讒放逐，作《離騷賦》。」在《古今人表》中，同列屈原於聖人賢士中，與伊尹、傅說、伯夷、叔齊、管仲、顏淵、

〔註9〕 （漢）王逸：《楚辭章句》（宋・洪興祖：《楚辭補注》，北京：中華書局，1983年，第48～49頁。）

孟子為一欄。屈原的「賢」皆是眾推一詞。

第二節 揚「悲情」淡「忠志」的評價

　　屈原有「深固難徙更壹志」、「伏清白以死直」的忠貞之志，又有「路漫漫其修遠兮，吾將上下而求索」、「舉世皆濁我獨清，眾人皆醉我獨醒」這種求而不得的遭遇。後人對於屈原的同情是綿延不絕的，所以大多文人表達了對屈原「悲情」的認同。而與漢代文人對屈原忠君愛國之志的大加褒揚不同，魏晉南北朝對屈原之「忠志」沒有那麼多的體悟。

一、同情屈原不遇之悲

　　漢末魏晉以來，社會動盪，不同的社會精神主導下的人們有著不同的精神寄託與追求。對於屈原之悲情，魏晉南北朝時的文人飽含著悲歡與同情。

　　郭璞《江賦》中：「悲靈均之任石，歎漁父之櫂歌。」〔註10〕

　　東晉陶淵明是著名的隱者，他飄逸超脫、平和恬淡是一介高潔隱士的形象，他與屈原的悲怨憤怒、長情高歌是有著氣質上的截然不同，但陶淵明對於屈原的同情與悲歡卻是深刻而動人的。宗白華先生說過：「漢末魏晉六朝是我國政治上最混亂、社會上最痛苦的時代。」〔註11〕陶淵明所經歷的痛苦與屈原的痛苦是相同的。陶淵明對於社會的不滿和憤懣發洩在了他的詩文裏。

　　如果說他在《讀史述九章‧屈賈》裏感歎：「進德修業，將以及時。如彼稷契，孰不願之？嗟乎二賢，逢時多疑。候詹寫志，感鵬獻辭。」〔註12〕這裡他還是平靜的，而在《感士不遇賦序》裏，他對屈原發出了更深切的同情：「故夷皓有『安歸』之歎，三閭發『已矣』之

〔註10〕　（清）嚴可均輯：《全上古三代秦漢三國六朝文》，北京：中華書局，1958 年，第 2148 頁。

〔註11〕　宗白華：《美學與意境》，北京：人民出版社，1987 年，第 183 頁。

〔註12〕　袁行霈：《陶淵明集箋注》，北京：中華書局，2013 年，第 520 頁。

哀。悲夫，寓形百年，而瞬息已盡，立行之難，而一城莫賞。此古人所以染翰慷慨，屢伸而不能已者也。」〔註 13〕「已矣」之哀是陶淵明為追慕《離騷》而作《感士不遇賦》，此作中流露陶淵明的失志不平的慨歎，他對屈原的同情化為自傷的情感，把「士不遇」的主題又一次深發。他同情屈原，對屈原懷才不遇的情懷接受並認可，同時內化為自己的深切慨歎。陶淵明是隱逸不求顯達的，而這種隱逸背後是他的無可奈何。

《文心雕龍·哀弔》：「自賈誼浮湘，發憤弔屈。體同而事核，辭清而理哀，蓋首出之作也……揚雄弔屈，思積功寡，意深文略，故辭韻沈膇。」〔註 14〕對於屈原同情並以自傷自賈誼《弔屈原賦》以來，無數文人過湘水而思屈，臨汨羅而自傷。待到魏晉南北朝時期，也延續著這一情懷。

南朝宋顏延之《祭屈原文》：「惟有宋五年月日，湘州刺史吳郡張邵恭承帝命，建旟舊楚。訪懷沙之淵，得捐珮之浦。弭節羅潭。艤舟汨渚，乃遣戶曹掾某，敬祭故楚三閭大夫屈君之靈。蘭薰而摧，玉縝則折。物忌堅芳，人諱明潔。日若先生，逢辰之缺。溫風怠時，飛霜急節。」〔註 15〕顏延之代人撰文《祭屈原文》，他言稱「蘭薰而摧，玉縝則折。物忌堅芳，人諱明潔」，顏延之讚揚屈原自身高潔，有蘭、玉之質，這是發自內心的讚揚。他感慨屈原生不逢時，自己如同屈原一樣，遭受不公待遇。而這種士不遇的自傷與對屈原的同情在這個時代有了不同的側重點，他們更為敏感的是外部壞境帶來的摧殘與迫害，自身處於險惡情境中無力與彷徨。葛洪在《時難》中：「言不見信，猶之可也，若乃李斯之誅韓非，龐涓之刖孫臏，上官之毀屈平，

〔註 13〕　袁行霈：《陶淵明集箋注》，北京：中華書局，2013 年，第 431 頁。
〔註 14〕　（南朝梁）劉勰著，范文瀾注：《文心雕龍注》，北京：人民文學出版社，1958 年，第 241 頁。
〔註 15〕　（清）嚴可均輯：《全上古三代秦漢三國六朝文》，北京：中華書局，1958 年，第 2648 頁。

袁盎之中晁錯，不可勝載也。為臣不易，豈一途也哉？」〔註16〕屈原
被上官大夫所毀，為臣不易。這種同情，是對姦臣群小的控訴，是對
險惡環境的畏懼，「為臣不易」與其說是在談論屈原，不如說是這個
時代所有為臣者皆有的歎息。

　　江淹《宋故銀青光祿大夫孫負墓銘》：「歔人徑之不平，歎天路之
冥默；貴夫君之為美，播靈均與正則。」這裡對屈原的讚揚和同情是融
為一體的，他們悲屈原運命所受的不公待遇，體會屈原深沉的哀傷之
痛。鍾嶸《詩品‧漢都尉李陵》：「其源出於《楚辭》，文多悽愴，怨者
之流。」〔註17〕鍾嶸認為《楚辭》之悲愴，足以讓後人仿傚，而有了
「怨者之流」。這裡的怨，是哀怨屈原的同時也哀怨自己的命運。庾信
《趙國公集序》中稱：「昔者屈原、宋玉始於哀怨之深；蘇武、李陵生
於別離之世。自魏建安之末，晉太康以來，雕蟲篆刻，其體三變，人人
自謂握靈蛇之珠，抱荊山之玉矣。」〔註18〕只因為他們哀怨之深，所
以才能為後世所感並在遇到同樣命運時候而深深自悲自歎。

　　《文選序》：「又楚一人屈原，含忠履潔，君匪從流，臣進逆耳，
深思遠慮，遂放湘南。耿介之意既傷，壹鬱之懷靡朔。臨淵有懷沙之
志，吟澤有憔悴之容。騷人之文，自茲而作。」〔註19〕蕭統對於屈原
「情」與「志」的概括可以說是這個時期文人們的情志追求所在。悲屈
原的不遇之情和不憤，這是後代文人基本的情感指向。

　　在與屈原發出振聾發聵之聲而自沉以明志的行為面前，後人的態
度明顯在漸漸淡漠。劉勰稱：「然而俗監之迷者，深廢淺售，此莊周
所以笑《折揚》，宋玉所以傷《白雪》也。昔屈平有言：『文質疏內，

〔註16〕　（東晉）葛洪：《抱朴子外篇‧時難卷第八》（《諸子集成》第八冊），
　　　　　北京：中華書局，1954 年，第 120 頁。

〔註17〕　（梁）鍾嶸著，曹旭集注：《詩品集注》，上海：上海古籍出版社，1994
　　　　　年，第 88 頁。

〔註18〕　（清）嚴可均輯：《全上古三代秦漢三國六朝文》，北京：中華書局，
　　　　　1958 年，第 3934 頁。

〔註19〕　（清）嚴可均輯：《全上古三代秦漢三國六朝文》，北京：中華書局，
　　　　　1958 年，第 3067～3068 頁。

眾不知余之異彩。」見異唯知音耳。」〔註20〕屈原在這個時代不乏知音，但是對他情感的領悟已經因為環境的改變而逐漸單一化，側重於他的「不得志」之情，對於他對故國的熱愛、對君主的期望之情，此時已經得不到共鳴。

二、淡化屈原忠貞之志

　　屈原的忠君愛國之情，在漢代是被高度讚揚的。王逸《哀時命章句》中有「哀歎屈原受性忠貞，不遭明君而遇暗世」，評價劉向《九歎》時又言他「追念屈原忠信之節」，對屈原之忠貞、忠信的讚揚代表了漢代文人的一般態度。但與漢代文人不同，魏晉南北朝時期文人對屈原忠君愛國的忠貞之志，除了泛泛之談，少有深刻的討論，對其忠貞之志認同感的是逐漸消淡的。忠節觀的淡薄是社會環境的體現，政權更迭頻繁的魏晉南北朝時期，君臣關係的疏離使得對屈原「忠貞」的關注度減少。

　　對於屈原之「忠」，文人有直接從屈原作品中感受到的。如西晉傅玄《橘賦序》：「詩人睹玉雎而詠后妃之德，屈平見朱橘而申直臣之志焉。」〔註21〕傅玄認為屈原借《橘頌》表達自己的忠貞之志，但是也僅僅是點到為止。

　　《晉書·齊王冏》中記載，孫惠在《諫齊王冏》中自陳：「屈原放斥，心存南郢；樂毅適趙，志戀北燕。況惠受恩，偏蒙識養，雖復暫違，情隆二臣，是以披露血誠，冒昧干迕。言入身戮，義讓功舉，退就鈇鑕，此惠之死賢於生也。」〔註22〕孫惠以屈原自比，突出忠君為國的情懷，以屈原的精神直言上諫。屈原對於君與國的忠貞，是孫惠所傚仿的，他直諫不屈的行動已經是對屈原之志的踐行。

〔註20〕（南朝梁）劉勰著，范文瀾注：《文心雕龍注》，北京：人民文學出版社，1958 年，第 715 頁。

〔註21〕（清）嚴可均輯：《全上古三代秦漢三國六朝文》，北京：中華書局，1958 年，第 1718 頁。

〔註22〕（唐）房玄齡等：《晉書》，北京：中華書局，1974 年，第 1608 頁。

南朝梁劉勰《文心雕龍》中說「楚襄信讒，而三閭忠烈，依《詩》製《騷》，諷兼比興。」（《比興》）〔註23〕「若夫屈賈之忠貞，枚乘之機覺，黃香之淳孝，徐幹之沉默，豈曰文士，必其玷歟。」（《程器》）〔註24〕蕭統也提到「又楚人屈原，含忠履潔，君匪從流，臣進逆耳。」〔註25〕對於屈原的忠臣形象，寥寥數語，倒也含意深遠，將屈原的忠烈剛直的性格概括出來，躍然紙上。但沒有深入闡發，只是給予了一般的贊同。

但是，由於文人的身份存在著不同，對屈原直諫、愛國的理解也是不同的。曹操《與孔融書》中稱「蓋聞唐虞之朝，有克讓之臣，故麟鳳來而頌聲作也。後世德薄，猶有殺身為君，破家為國。及至其敝，睚眥之怨必仇，一餐之惠必報。故晁錯念國，遘禍於袁盎；屈平悼楚，受譖於椒、蘭；彭寵傾亂，起自朱浮，鄧禹威損，失於宗馮，由此言之，喜怒怨愛，禍福所因，可不慎與？」〔註26〕孔融對曹氏一族多有不敬，先是諷刺曹丕娶甄氏為妻，又反對曹操的禁酒令，激怒曹操，曹操作《與孔融書》，其中引用「屈平悼楚」，而最終被讒言所傷，這裡是告誡孔融言多犯主，應當謹慎為之。曹操身為統治者，對於屈原這樣敢於直諫的忠臣，實則是心懷忌憚的。

整體說來，對屈原忠貞之志的評論較少，在這點的認同感上漸漸消淡。究其原因，大概屈原所忠的「君」與愛的「國」，在這個時代已經具有了不同的涵義。余英時先生認為：「此（指漢末黨錮）以前士大夫領袖尚具以天下為己任之意識，故其所努力以赴者端在如何維繫漢代一統之局於不墜；此以後，士大夫既如『大樹將顛，非一繩所維』，

〔註23〕（南朝梁）劉勰著，范文瀾注：《文心雕龍注》，北京：人民文學出版社，1958年，第602頁。

〔註24〕（南朝梁）劉勰著，范文瀾注：《文心雕龍注》，北京：人民文學出版社，1958年，第719頁。

〔註25〕（梁）蕭統編，（唐）李善注：《文選》，上海：上海古籍出版社，1986年，第3頁。

〔註26〕（南朝）范曄撰，（唐）李賢等注：《後漢書》，北京：中華書局，1965年，第2272～2273頁、

其所關切者亦唯在身家之保全，而道術遂為天下裂矣。」〔註27〕魏晉南北朝社會動盪，政權更換交替，這個時期的文人難以形成如兩漢那樣大一統政權下的家國觀念，他們更關注的是如一葉扁舟樣的自身何以在洶湧的社會之潮中得以完存。屈原的「忠君」「愛國」在此時顯然不合那個時代的君臣關係，尤其是西晉末年八王之亂以後，春秋時期的那種君不君、臣不臣的現象重現，永嘉東渡以後，王室已然境地悲涼了。這種因時代不同而產生的關注角度和內涵的不同，是社會發展中不可避免的規律。

第三節　隱逸之風下的「自沉」批評

荀子有：「天下無隱士，無遺善。」〔註28〕這種傳統儒家的入世觀念影響著中國文人觀念。在先秦兩漢時代，隱士的形象是一直存在著的，《後漢書》列有《逸民列傳》，這一群體已經為史學家所關注。魏晉南北朝時期社會的動亂和政治的迫害，使得士人們有了出世的選擇，這個時期的隱逸風尚可以說是中國古代歷史中的一個巔峰。

在此隱逸風尚盛行的時代來評價積極入世的屈原，必然有諸多不同於漢人之語。兩漢文人讚揚屈原忠君愛國，唯有班固批判屈原「露才揚己，競乎危國群小之間」，並以他沉江而死的行為斷定其為「貶潔狂狷景行之士」，這些評價在兩漢未成為主流，但對魏晉南北朝時期的文人思想是有著影響的。

一、《漁父》與隱逸之風

至於屈原的「隱」「顯」為何能引起士人們的關注，這大概和《漁父》〔註29〕篇中存在著漁父和屈原二者形象的比較，漁父逍遙而去，

〔註27〕　余英時：《士與中國文化》，上海：上海人民出版社，2003年，第259頁。

〔註28〕　王先謙：《荀子集解·正論第十八》（《諸子集成》第二冊），北京：中華書局，1954年，第221頁。

〔註29〕　本書從王逸說，認為屈原創作了《漁父》。

屈原行吟江畔的形象塑造。「漁父」的形象成為隱逸文化的代表，從楚辭到後世漁父形象的固定，這其間與魏晉南北朝文人的關注有著不可分割的關係。

據殷光熹《莊、屈〈漁父〉與唐宋漁父詞》〔註30〕考證，最早的漁父形象來自於姜太公呂尚江邊垂釣，《史記‧齊太公世家》有記載。而最早以《漁父》名篇的是《莊子‧漁父》，其中記載了孔子與漁父的對話，展現的是孔子對漁父的恭謙、禮讓之態，而漁父則是「鬚眉交白，披髮揄袂」的仙風道骨的形象，交談的地方也在「澤畔」，莊子之漁父是道家學說的代言人。到了屈原《漁父》，洪興祖說：「《卜居》《漁父》，皆假設問答以寄意耳。」與《莊子‧漁父》的問答相似，屈原用第三人稱的口吻來表達自己的決心和觀點。屈原筆下的漁父是洪興祖稱之為「避世隱身，釣魚江渚，欣然自樂」的隱士。殷光熹先生認為：「莊子時代的漁父，是以具有老莊思想的聖者、賢者的形象出現，屈原時代的漁父，也是以宣傳道家思想的賢者形象出現。」本書以為，屈原之所以創作《漁父》，是對自己捨身為國、不願急流勇退精神的另一種堅定地表達，他不是不曾想過如漁父所說一般明哲保身，但是「竭忠以事君」「撫壯而棄穢」「雖九死而猶未悔」的積極入世的精神是他的堅守，漁父可以說是另一個屈原，他曾經糾結過在出世、入世中做選擇，最終，他還是遵從了自己的內心想法。在屈原的創作中，漁父是反襯屈原高潔形象的，但對於漁父的描寫又是毫無貶損，這是否能說明，屈原曾經在「捨身投江」與「明哲保身」中猶豫過？但最終，他還是選擇了捨生取義。

而漁父的形象到了晉代，則成為隱逸之士的代言，習鑿齒、謝萬等人的陳述中，漁父成為了批評屈原的正面教材，這既是魏晉南北朝的隱逸文化決定的，也與屈原《漁父》中的形象樹立有關係。

隱逸風氣之盛可以從史書中可以看到：

《晉書‧隱逸傳》：「古先智士體其若茲，介焉超俗，浩然養素，

〔註30〕殷光熹：《莊、屈〈漁父〉與唐宋漁父詞》，《詞學》，2008 年第 2 期。

藏聲江海之上，卷跡囂氛之表，漱流而激其情，寢巢而韜其耀，良畫以符其志，絕機以虛其心。」〔註31〕

　　《南史・隱逸傳》：「故有入廟堂而不出，徇江湖而永歸，隱避紛紜，情跡萬品。」〔註32〕

　　《南史・隱逸傳》：「或慮全後悔，事歸知殆，或道有不申，行吟山澤。皆用宇宙而成心，借風雲以為氣。求志達道，未或非然，故須含貞養素，文以藝業。不爾，則與夫樵者在山，何殊異也。」〔註33〕

　　《北史・隱逸傳》：「論曰：古之所謂隱逸者，非伏其身而不見也，非閉其言而不出也，非藏其智而不發也。蓋以恬淡為心，不皦不昧，安時處順，與物無私者也。」〔註34〕

　　《周易・繫辭上》有云：「君子之道，或出或處。」《論語・泰伯》曰：「天下有道則見，無道則隱。」隱逸風氣之盛與政治環境的惡劣息息相關。從正始起，漢末建安以來的戰亂稍有平息，取而代之的是錯綜複雜的政治爭鬥，出仕與隱逸的抉擇影響著文人們最終的命運。郭建勳總結道：「當時的士人或如孫登隱居山林岩穴，或如阮籍仕於朝而不與世事，或如嵇康憤世嫉俗厭棄官場，乃至竹林諸子的放浪形骸，無不展現出一種與現實政治的疏離態度和處世的隱逸傾向。」〔註35〕這些隱逸之思在對屈原的評價上，必然有著較為重大的影響。

二、對屈原自沉的批評

　　西晉摯虞《愍騷》中表達了對屈原的同情，但他認為「蓋明哲之

〔註31〕　（唐）房玄齡等：《晉書》，北京：中華書局，1974 年，第 2425 頁。
〔註32〕　（唐）李延壽：《南史》（卷七十五・列傳第六十五），北京：中華書局，1975 年，第 1855 頁。
〔註33〕　（唐）李延壽：《南史》（卷七十五・列傳第六十五），北京：中華書局，1975 年，第 1856 頁。
〔註34〕　（唐）李延壽：《北史》（卷八十八・列傳第七十六），北京：中華書局，1976 年，第 2917 頁。
〔註35〕　郭建勳：《漢魏六朝騷體文學研究》，湖南：湖南教育出版社，1997 年，第 183 頁。

處身，固度時以進退。泰則擴志於宇宙，否則澄神於幽昧。摛之莫究其外，函之罔識其內，順陰陽以潛躍，豈凝滯乎一概。」〔註36〕明哲保身、有進有退才能順應陰陽，何必凝滯於一念之差而自沉於江。他的「明哲保身」代表了此時較多文人的思想。

摯虞對於屈原的批評還未那麼直接，而在晉人伏滔《論青楚人物》中說的更為直接。伏滔和習鑿齒對話，他們討論青、楚人物，習鑿齒以為：「《漢廣》之風，不同《雞鳴》之篇；子文、叔敖羞與管、晏比德。接輿之歌『鳳兮』，漁父之詠『滄浪』，漢陰丈人之折子貢，市南宜僚、屠羊說之不為利回，魯仲連不及老萊夫妻，田光之於屈原，鄧禹、卓茂無敵於天下。」〔註37〕習鑿齒對於楚文化是較為驕傲和自豪的。他認為道家的接輿、漁父、漢陰丈人、老萊夫妻等代表著隱逸思想的人物較為推崇，而對田光、屈原等並無讚賞之意，田光是戰國燕人，他因刺秦而自刎，屈原選擇以身殉國，因為他們都選擇了自殺的形式，而這種形式是習鑿齒不讚賞的。

《晉書·謝萬》記載：「萬字萬石，才器儁秀，雖器量不及安，而善自炫曜，故早有時譽。工言論，善屬文，敘漁父、屈原、季主、賈誼、楚老、龔勝、孫登、嵇康四隱四顯為《八賢論》，其旨以處者為優，出者為劣，以示孫綽。」〔註38〕謝萬以四隱四顯列八賢，認為隱處者優，而出仕者為劣。謝萬在這裡對屈原積極出仕是有批評之意的，認為他的行為是「劣」的選擇。雖然他也認同屈原的精神，他在《八賢頌·屈原》中說到：「皎皎屈原，玉瑩冰鮮。舒採翡林，摛光

〔註36〕 （清）嚴可均輯：《全上古三代秦漢三國六朝文》，北京：中華書局，1958 年，第 1898 頁。

〔註37〕 （清）嚴可均輯：《全上古三代秦漢三國六朝文》，北京：中華書局，1958 年，第 2227 頁。

〔註38〕 （唐）房玄齡等：《晉書》，北京：中華書局，1974 年，第 2068 頁。劉峻在《世說新語》中也注到「萬善屬文，能談論，萬集載其敘四隱四顯為八賢之論，謂漁夫、屈原、季主、賈誼、楚老、龔勝、孫登、嵇康也。其旨以處者為優，出者為劣。孫綽難之，以謂體玄識遠者，出處同歸。文多不載。」

虬川。」〔註39〕這是對屈原高潔品質的讚美，但是他以出世的角度來評判屈原就不那麼客氣了。謝萬還是以隱逸思想為正宗。謝萬的評論頗有玄學的味道，在那個好老莊，尚隱逸的時代，魏晉文人更追求玄遠的境界，主張以無為的態度對待政治。這與魏晉士人對個人的人格追求是分不開的。

　　到了南朝，謝靈運縱情於山水，他在《山居賦》：「覽明達之撫運，乘機緘而理默。指歲暮而歸休，詠宏徹於刊勒。狹三閭之喪江，矜望諸之去國。選自然之神麗，盡高樓之意得。慨伶倫之哀。」〔註40〕謝靈運認為屈原投江是不自敬、自重的表現，「狹三閭之喪江」屈原的路越走越窄，以致最終喪命於汨羅。謝靈運推崇的是林泉高臥，盡情享受山水。他對屈原自沉表示了不贊同，對於「寧溘死以流亡」的精神與情懷不予認同，這就是那個時代的人把苦悶與愁緒寄託於山水，更多關注在人自身的發展，而不會為了家與國的概念忠貞堅守。

　　張纘《南征賦》有：「稅遺構之舊浦，瞻汨羅以隕涕；豈懷寶而迷邦，猶殷勤而一致。蘊芳華以襞積，非黨人之所媚；合《小雅》之怨辭，兼《國風》之美志。譬彈冠而振衣，猶自別於泥滓；且殺身以成義，寧露才而揚己？悲先生之不辰，逢椒、蘭之妒美；有驊騮而不馭，焉遑遑於千里。⋯⋯若夫屈平《懷沙》之賦，賈子游湘之篇，史遷摛文以投弔，揚雄《反騷》而沉川。其風謠雅什，又是詞人之所流連也。」〔註41〕張纘對「殺身以成義」「露才而揚己」提出了反詰，他悲屈原生不逢時和遭小人嫉妒的命運，但是對於屈原的殺身之舉也有著深深的遺憾。

　　隱逸思想下的魏晉文人認為，屈原應當退而求其次，自沉是不明

〔註39〕　（清）嚴可均輯：《全上古三代秦漢三國六朝文》，北京：中華書局，1958 年，第 1938 頁。
〔註40〕　（南朝）沈約撰：《宋書》（卷六十七・列傳第二十七《謝靈運傳》），北京：中華書局，1994 年，第 1756 頁。
〔註41〕　（唐）姚思廉：《梁書》（卷三十四・列傳第二十八），北京：中華書局，1973 年，第 500 頁。

智之舉，而「露才揚己」更是無法保全自己的做法。這裡對於屈原自沉行為的批評，帶著老莊追求隱逸的要求。

　　兩晉南朝文人不同的是，北朝顏之推是一位推崇儒家教義的文人，他提倡經世致用，積極入世的做法。顏之推對屈原的批評是很直接的。不同於隱逸者的評價角度，他完全以「忠君」的價值尺度來要求屈原。他在《文章》中說：「然而自古文人，多陷輕薄：屈原露才揚己，顯暴君過；宋玉體貌容冶，見遇俳優；東方曼倩，滑稽不雅；司馬長卿，竊賞無操；王褒過章《僮約》；揚雄德敗《美新》；……凡此諸人，皆其翹秀者，不能悉紀，大較如此。……自子游、子夏、荀況、孟軻、枚乘、賈誼、蘇武、張衡、左思之儔，有盛名而免過患者，時復聞之，但其損敗居多耳。」〔註42〕顏之推的露才揚己之評是頗為犀利的，屈原陷於「輕薄」，暴漏了君主之過，屈原的盛名其實難副。露才揚己是直接繼承了班固的評價，他不僅批評屈原，也認為宋玉同樣輕薄，這是以較為嚴苛的標準來看待屈原。

　　大部分魏晉文人是以屈原當「隱」而不當「顯」的角度來對屈原進行評價。

第四節　「屈伍」與「屈賈」形象符號化

　　歷代文人對屈原精神和人格有過各個方面的細緻闡發，對於屈原的情感認同是深沉與濃厚的。從戰國末直至兩漢，對於屈原的評議多為具體而有指向性的。距離屈原的歲月越久遠，這份對屈原的情感認同就愈加分化，對於屈原精神和人格的認同點也因社會與個人殊異，而呈現不同的特色。直至魏晉南北朝時代，有較多對屈原懷有深沉情感的楚辭體文學文人的存在，他們從文學形式的模擬到情感精神的認同，可謂是細膩的。而另一方面，屈原的形象特徵變得更為抽象了，當

〔註42〕　王利器：《顏氏家訓集解》（增補本）（《文章・第九》），上海：上海古籍出版社，1980年，第237頁。

提及屈原的時候，總有一些符號化的精神內涵被賦予。屈原與伍子胥並稱，屈原與賈誼並稱，這在漢代還沒有那麼明顯，而到了這個時代，文人提起屈原時，會有了「屈伍」與「屈賈」並論的概念，這種現象的產生也正說明了，屈原正成為某種精神或品格的一個符號。

一、「屈伍」並稱中隱藏的忠君內涵

屈原作品中以對伍子胥的讚揚來表達自己忠貞為國、至死不渝的態度。他在《九章》的《涉江》《惜往日》和《悲回風》中分別有對伍子胥的氣節與精神的肯定。

這三篇中，《涉江》中說到「伍子逢殃兮，比干菹醢。」這裡的伍子是否為伍子胥，在學界有較多爭論，《惜往日》和《悲回風》有論及伍子胥，這兩篇為屈原所作也受到了質疑。王逸認為伍子即是伍子胥，而宋代魏了翁《鶴山渠陽經外雜抄》、明代許學夷《詩體辨源》以及近人劉永濟《屈賦通箋》等都皆有質疑，他們認為伍子胥為楚國的叛臣、國賊，與屈原的愛國主義有違背。對於這一問題，學界討論熱烈。對「伍子即是伍子胥」一說，有今人陳子展《楚辭九章之全面觀察及其篇義分析》〔註43〕、朱碧蓮《論屈原與伍子胥》〔註44〕、立之《〈涉江〉的「伍子」為「伍子胥」無誤辨》〔註45〕、姚小鷗《〈涉江〉中「伍子」為子胥考》〔註46〕，而反對者有雷慶翼《楚辭正解》〔註47〕、趙逵夫《屈原與他的時代》〔註48〕等。對於此爭端，本書同意「伍子即伍子胥」說，並認為《惜往日》與《悲回風》乃屈原作品。

伍子胥為忠直愛國的賢臣，他的忠孝觀念與屈原有所不同。有人說「伍子胥與屈原都是忠直愛國的賢臣，而最大的不同在於伍子胥是

〔註43〕 陳子展：《楚辭直解》，南京：江蘇古籍出版社，1988年。
〔註44〕 朱碧蓮：《論屈原與伍子胥》，《江淮論壇》，1992年第2期。
〔註45〕 立之：《〈涉江〉的「伍子」為「伍子胥」無誤辨》，《雲夢學刊》，2002年第4期。
〔註46〕 姚小鷗《〈涉江〉中「伍子」為子胥考》，《文史哲》，2009年第5期。
〔註47〕 雷慶翼：《楚辭正解》，上海：學林出版社，1994年。
〔註48〕 趙逵夫：《屈原與他的時代》，北京：人民文學出版社，1996年。

由孝順而忠君，屈原是因愛國而忠君。」〔註49〕兩人同為楚人，但伍子胥經歷複雜，在屈原眼中，伍子胥是一位值得學習與讚揚的賢臣，所以他在《惜往日》中說「吳信讒而弗味兮，子胥死而後憂。」以百里奚、伊尹、呂望和寧戚四人為正面例子，說明賢臣得遇，又以伍子胥、介子推為反面例子，說明賢臣不遇。在《悲回風》中有「浮江淮而入海兮，從子胥而自適。」傳說伍子胥死後歸大海，屈原流露出思念子胥，追隨他而去的想法。

最終，屈原選擇了與伍子胥一樣的結局，他沉江以殉國。因時代、遭遇和性格的不同，屈原與伍子胥在經歷和思想上有眾多不同之處，但是他們有著為屈原和後人所共同認可的精神，即是他們為國君不容，為姦佞之臣所害，但最終都以死殉國。在魏晉南北朝時期，以「屈伍」並稱，已經較為常見。

《晉書·劉毅》中曾記載劉毅《上疏請罷中正除九品》：「……屈原、伍胥不容於主，而顯名於竹帛，是篤論之所明也。」〔註50〕屈原、伍子胥並稱，認為他們不被君主容納，但最終名顯於後世。曹攄《述志賦》：「哀夫差之溺惑，詠楚懷之失圖。悲伍員之沉悴，痛屈平之無辜。」〔註51〕悲痛伍子胥、屈平因夫差、楚懷王而沉悴、無辜，表達了對他們的同情。張敏《神女傳》有「……今欲使吾為忠也，即當如伍胥、屈平。」〔註52〕「忠」成為屈伍形象的關鍵詞。《晉書·華譚》：「譚曰：『夫聖人在上，物無不理，百揆之職，非賢不居。……淺明不見深理，近才不睹遠體也。是以言不用，計不施，恐死亡之不暇，何論功名之立哉！故上官昵而屈原放，宰嚭寵而伍員戮，豈不哀哉！」〔註53〕華譚認為屈原得

〔註49〕 王洪強、王玉德：《伍子胥與屈原比較二題》，《求索》，2012 年第 1 期。
〔註50〕 （唐）房玄齡等：《晉書》，北京：中華書局，1974 年，第 1274 頁。
〔註51〕 （清）嚴可均輯：《全上古三代秦漢三國六朝文》，北京：中華書局，1958 年，第 2074 頁。
〔註52〕 （清）嚴可均輯：《全上古三代秦漢三國六朝文》，北京：中華書局，1958 年，第 1919 頁。
〔註53〕 （唐）房玄齡等：《晉書》，北京：中華書局，1974 年，第 1449 頁。

不到重用，是朝廷之過，賢臣不得用而功業不可成。將屈原與伍子胥並列而論文，認為他們都是不遇明主，而導致悲劇命運的產生。

　　屈伍並稱，是魏晉時期文人使用的，他們通常在上疏以及自歎中，將二者共同的遭遇羅列，並形成忠君愛國的內涵特徵，但是又被姦佞之人離讒最終憤懣自沉，其中隱隱體現著對君主不能識別忠臣的不滿，如劉毅的疏文中，隱藏著對君主不能識別人才的批評，借屈伍的遭遇說明應當信任忠篤之士。「屈伍」成為了愛國、忠君的符號，也有不能得於明主的遺憾。就如同屈原在作品中以之前賢人為榜樣一樣，他也在這個時代被列入了賢人之列。

二、「屈賈」並稱中表達的「士不遇」情緒

　　「屈賈」的並稱，可溯源自司馬遷《史記》中將屈原、賈誼合傳為《屈原賈生列傳》。《太史公自序》中說明合傳原因：「作辭以諷諫，連類以爭義，離騷有之。作《屈原賈生列傳》第二十四。」〔註54〕後人認為其合傳原因，如王闓運《屈賈文合編序》認為二人都是「文儒」〔註55〕；郭沫若《關於宋玉》認為賈誼的「辭賦私淑屈原，而更主要的是由於他有政治抱負，而能『痛哭流涕』地直言敢諫」〔註56〕；姜亮夫《楚辭學論文集》認為二人「學識才力與遭遇，兩人皆有相似之處」〔註57〕；湯炳正《屈賦新探》〔註58〕認為二人在思想體系上有一致性，表現為儒、法、道、名四家的特徵；褚斌杰《楚辭要論》認為他們在人生遭遇上有共同性，在創作上二人都因為失意「憂愁憂思」而寫作，同時賈誼的楚辭體賦與屈原開創的楚辭體是一脈相承的。〔註59〕

〔註54〕　（漢）司馬遷：《史記》北京：中華書局，1975年，第3314頁。
〔註55〕　（清）夏獻云：《屈賈文合編》，清光緒丁丑年九月新建夏氏長沙刊本。
〔註56〕　郭沫若：《關於宋玉》，《新建設》，1955年第2期。
〔註57〕　姜亮夫：《姜亮夫全集‧八‧楚辭學論文集》，昆明：雲南人民出版社，2002年，第1～2頁。
〔註58〕　湯炳正：《屈賦新探‧論〈史記〉屈賈合傳》，濟南：齊魯書社，1984年，第139頁。
〔註59〕　褚斌杰：《楚辭要論》，北京：北京大學出版社，2003年，第74頁。

從《史記》的屈賈合列為一傳中，即可看到二人有著許多相同之處。將二人並稱，自漢已有之。屈原、賈誼並稱，在魏晉南北朝時代，已經是較為頻繁地出現，在此時，屈賈因機遇、行為的相似而成為文人們討論的常見組合。

如李康《運命論》：「治亂，運也；貴賤，時也。而後之君子，區區於一主，歎息於一朝，屈原以之沉湘，賈誼以之發憤，不亦過乎？」〔註60〕屈賈並論，認為他們不應該因為一個君主的失德就怪罪於一個時代而表現出過分的行為，這是對屈賈行為的不贊同。

何元之在《梁典高祖事論》：「人君雖敏，有所不周；人君雖明，有所不照，豈可專於親覽，忘彼責成？就此而言，大失有二：習守膠之弊，棄更張之善。屈子投江，寧論其痛；賈生慟哭，豈喻斯悲。」〔註61〕這也是對二人的批評，認為二人膠柱鼓瑟，思想不會變通。屈賈的痛與悲是對君主的苛責。李康、何之元都是從二人對於君主過於苛責的角度來批評的。

而劉峻《辯命論》：「至乃伍員浮屍於江流，三閭沉骸於湘渚。賈大夫沮志於長沙，馮都尉皓髮於郎署；君山鴻漸，鎩殺羽儀於高雲，敬通鳳起，摧迅翮於風穴：此豈才不足而行有遺哉？」〔註62〕他把伍子胥、屈原、賈誼、馮唐並稱，認為他們的不得志來源於「才不足而行有餘」。屈原賈誼的並稱，在文人心目中的重點形象是他們的不遇與悲痛，以及對於君主的責備。而在後世的發展中，屈賈的「士不遇」形象是較為突出的。在魏晉南北朝時代，文人們正是對他們形象進行著總結，而之後的「貶謫」形象又成為了在唐代乃至後世的通識。〔註63〕

〔註60〕（梁）蕭統編，（唐）李善注：《文選》（第六冊），上海：上海古籍出版社，1986年，第2295頁。

〔註61〕（宋）李昉等編：《文苑英華》（卷七五四），北京：中華書局，1956年，第3950頁。

〔註62〕（唐）姚思廉：《梁書》（卷五十·列傳第四十四），北京：中華書局，1973年，第707頁。

〔註63〕如朱玉麟《唐代詩人的南貶與屈賈偶像的樹立》（《西北師大學報（社

　　魏晉南北朝文人對於屈原的認識已經逐漸概念化，他與伍子胥一樣，是賢臣的代表，而賈誼與屈原一樣，是不遇的哀歎者。他們的形象漸漸失去了較為豐富的內涵，而抽象成為某一類精神和人格的代表，這種並稱在後代也有著延續的痕跡，屈原已經不如在兩漢受到文人的較為熱烈的頌揚，對於他的責備也逐漸苛刻起來。

　　而在這個時代，屈原之哀，不僅被文人士大夫感同身受，對於後宮嬪妃，在借用屈原的愁苦時，已經脫離了屈原本身的內在情感意義，左芬對於屈原的感悟少了很多屈原本身的精神內涵的借鑒領悟，而是從屈原抒情發洩的悲歎之中提取了意象，成為了一種符號化的形式。如在《晉書・左芬》《離思賦》：「芬少好學，善綴文，名亞於思，武帝聞而納之。……何宮禁之清切兮，欲瞻睹而莫因。仰行雲以歔欷兮，涕流射而沾巾。惟屈原之哀感兮，嗟悲傷於離別。彼城闕之作詩兮，亦以日而喻月。況骨肉之相於兮，永緬邈而兩絕。長含哀而抱戚兮，仰蒼天而泣血。」〔註64〕左芬引屈原之「哀感」，主要歎於離別之情。左芬的哀歎是在後宮不得見親人，骨肉相分離的悲苦，她感念於屈原的「悲」，引屈原的去國之情來比擬自己離開情人之情，屈原的情感衝擊是較為直觀的。

　　　會科學版）》，2006 年第 1 期。）中就討論了屈賈形象在唐代的內涵，
　　　認為唐代北官南貶之時與屈賈有著隔代的共鳴，「屈賈」作為文學偶像
　　　而被後世認同。
〔註64〕 （唐）房玄齡等：《晉書》，北京：中華書局，1974 年，第 958 頁。

第三章 魏晉南北朝《楚辭》評價研究

　　魏晉南北朝時期的文學批評空前繁榮，一大批文學批評家和文學批評專著出現。曹丕《典論·論文》、陸機《文賦》、劉勰《文心雕龍》、鍾嶸《詩品》等流傳千古。於如此繁盛的批評之潮，《楚辭》的關注和品評也是規模壯觀的。一代文人有一代之看法，而《楚辭》流傳到魏晉南北朝時代，因政治、社會、經濟等各方面的不同，對於《楚辭》的解讀也呈現了眾多新的角度和品評而展現出嶄新的風貌。本書從詩騷關係、騷賦關係以及楚辭的章句結構等問題研究的方式來看魏晉南北朝時期的楚辭評論，放棄了以批評家與批評專著中所涉及的《楚辭》批評的角度來討論。

　　首先，以魏晉南北朝文人喜愛誦騷《楚辭》的角度，來探索《楚辭》的流傳情況，看整個社會對《楚辭》的關注角度。

　　其次，從文學批評家對《楚辭》的批評來看，《楚辭》與《詩經》的源流關係。劉勰提出「矩式周人」的楚辭源承自《詩經》觀點，這是此時較為流行的看法，主要認為屈原作品繼承了《詩經》的風格，這是對漢人「依經取義」觀點的承襲。而對於宋玉以後的楚辭作家，魏晉南北朝楚辭批評家提出了「乖乎風雅」的批評，他們的「淫浮」文風是漸失風雅的體現。體現了以詩為評判的標準。但是同時也出現了對這種

「乖乎風雅」背後辭豔情切的關注與讚揚，側面說明了文學批評不再「依經取義」評價《楚辭》的特點。

然後，從文體概念進行分析，曹植、陸機、皇甫謐和摯虞等直接將楚辭稱為「賦」，再到梁代蕭統編《文選》時候單列「騷」別，再有劉勰單作《辨騷》篇，體現的是從魏晉到南北朝楚辭批評家們對楚辭文體歸屬的看法。

最後，文學批評家們對《楚辭》的篇章結構特色的關注角度，如劉勰認為楚辭用「兮」是「入於句限」「出於句外」；鍾嶸等認為楚辭體的句式實際上是五言之濫觴；沈約、劉勰等從聲韻角度考察楚辭，認為「訛韻實繁」。這些都是對《楚辭》章句的細緻考察。

第一節　魏晉南北朝「誦騷」的社會風氣

姜亮夫說：「《楚辭》自漢已傳誦讀之法，則其音必有與世習不相中者。世以為楚人楚語，音異在地域之不同，諒矣！然余以為楚人必能楚語，又何必藉重於九江、被公諸人，則不僅於字音之異同，其在聲韻強弱高低急徐之間乎？宮商音樂之異，為楚民俗歌謠詠歎律呂之所被者，自漢歷六朝、隋、唐，已無能言者。」〔註1〕姜亮夫認為楚人自己都不能用楚語誦讀《楚辭》，後世亦都不能言了。至於隋朝釋道騫《楚辭音》，後世是有較高評價的。《隋書·經籍志》敘說：「隋時有釋道騫，善讀楚辭，能為楚聲，音辭清切，至今傳楚辭者，皆祖騫公之音。」〔註2〕而此書亦在後世不得見。《楚辭》的吟誦在魏晉南北朝時期頗為風靡，「痛飲酒，熟讀《離騷》」，如此這般便可以稱名士的風氣讓人感歎。對《楚辭》的誦讀也正是側面反應魏晉南北朝時期，文人群體中對《楚辭》的態度。

〔註1〕姜亮夫：《楚辭書目五種》，上海：上海古籍出版社，1961年，第263頁。

〔註2〕（唐）魏徵撰：《隋書》（《卷四·經籍志》），北京：中華書局，1973年，第101頁。

一、吟誦的社會風氣

「誦」，許慎《說文解字》有解：「誦，諷也。從言，甬聲。」南唐徐鍇補充：「臨文為誦。誦，從也，以口從其文也。」〔註3〕

《論語》中「誦詩三百，授之以政，不達；使於四方，不能專對；雖多，亦奚以為？」〔註4〕這是孔子的用詩之道，其中學習《詩》的方式是誦的，而學《詩》的目的是用來「專對」。

《墨子‧公孟》有云「誦詩三百，弦詩三百，歌詩三百，舞詩三百。」《鄭風‧子衿》毛傳本有言：「古者教以詩樂，誦之歌之，弦之舞之。」《詩》本身即是詩樂舞一體的，顧頡剛先生在《論〈詩經〉所錄全為樂歌》裏的觀點學界頗為認同，對於「樂歌」進行「歌」也是沒問題的。而「誦」與「歌」在讀《詩》的時代是否有著區別？孫詒讓在《墨子閒詁》裏就引到：「《周禮‧大司樂》鄭注云：『以聲節之謂之誦。』」〔註5〕「誦」與「歌」一樣是以「聲」的節奏來判斷。

班固《漢書‧藝文志‧詩賦略序》中提出：「誦其言謂之詩，詠其聲謂之歌」〔註6〕；「《傳》曰：不歌而誦謂之賦。登高能賦可以為大夫。」〔註7〕方銘師在對班固之言進行解讀的時候，認為詩三百篇，都是配有音樂及舞蹈，既可以歌又可以賦，方銘先生又指出「與其說班固所謂『賦』是作為一種文體的『賦』，毋寧說是泛指文學創作。」『歌詩』是要依據一定的節奏，而這個節奏是《尚書‧堯典》裏所指的『永言』」。〔註8〕《詩經》既可以歌又可以賦，這裡的「賦」當與「歌」一樣，是

〔註3〕 張舜徽：《說文解字約注》，鄭州：河南人民出版社，1983 年，第 16 頁。

〔註4〕 楊伯峻：《論語譯注》，北京：中華書局，2009 年，第 133 頁。

〔註5〕 （清）孫詒讓撰，孫啟治校：《墨子閒詁》（《公孟》），北京：中華書局，2004 年 4 月，第 456 頁。

〔註6〕 （漢）班固撰，（唐）顏師古注：《漢書》（《藝文志》），北京：中華書局，1975 年，第 1708 頁。

〔註7〕 （漢）班固撰，（唐）顏師古注：《漢書》（《藝文志》），北京：中華書局，1975 年，第 1755 頁。

〔註8〕 方銘：《論宋玉唐勒景差『好辭而以賦見稱』》，《儒學與二十世紀中國文化學史研究會論文集》，1997 年。

個動詞，「歌」是依聲律而來，而「不歌而誦謂之賦」，那在對「歌」、「誦」、「賦」的所指與內涵當如何？

對於「賦詩」的含義，學界已有不同的看法。有人認為「賦詩」就是「歌詩」：如顧頡剛認為「賦詩等於現在的點戲。」〔註9〕朱謙之說：「賦詩即是樂歌。」〔註10〕又有一些學者認為，「賦詩」是「誦詩」：如公木認為：「賦詩就是把歌詩當誦詩應用。」〔註11〕還有學者認為「賦詩」包括有「歌詩」和「誦詩」，如劉靚：「賦詩與歌詩、誦詩分屬不同層面。『賦詩』是一種用詩方法，與『獻詩』『引詩』屬於詩歌的使用方法，至於歌詩、誦詩則是一種表達方法，與『弦詩』『舞詩』屬於詩歌的表現手法。」〔註12〕

「歌詩」與「誦詩」之所以有了分離，是因為詩的音樂性減弱。自戰國末《楚辭》以來，楚辭作家有意識地創作，他們的創作目的並無「歌」的需求，而是仿傚古人「賦詩言志」。方銘先生主編《中國文學史》中論及《詩經》的「賦詩言志」說，認為不配樂的便是「賦誦」。〔註13〕而班固作《漢書・藝文志》時，列出「歌詩」和「誦賦」兩類。當「賦」作為一種文體名稱時，它是不具備「歌」的屬性，只能「誦」的。所以本書認為，當「賦」在作動詞層面，它當有兩層含義，一層是與「誦」所指一致，主要是指對文本的朗讀，用以抒發胸臆、表達感情；而另一層「賦」含有主觀創作的意識，即以既有詩歌為標準自己創作。

而「誦」是既可以「誦詩」也可以「誦賦」的。「誦」雖區別於「歌」，

〔註9〕 顧頡剛：《論〈詩經〉所錄全為樂歌》（《古史辨》第三冊），上海：上海古籍出版社，1982年。

〔註10〕 朱謙之：《中國音樂文學史》，上海：上海人民出版社，2006年。

〔註11〕 公木：《歌詩與誦賦——兼論詩歌與音樂的關係》，《文學評論》，1980年第6期。

〔註12〕 劉靚：《魏晉：誦詩的崛起與歌詩的隱退》，《鄭州大學學報（哲學社會科學版）》，2014年第3期。

〔註13〕 方銘、李炳海等主編：《中國文學史・先秦秦漢卷》，長春：長春出版社，2013年12月，第63～64頁。

不具備了「歌唱」的要求，但「誦」同樣是與節奏、韻律息息相關。《漢書・禮樂志》記載：「至武帝定郊祀之禮……乃立樂府，采詩夜誦，有趙、代、秦、楚之謳。以李延年為協律都尉，多舉司馬相如等數十人造為詩賦，略論律呂，以合八音之調，作十九章之歌。」〔註14〕「歌詩」的傳統在漢代以樂府的形式仍在繼續，而司馬相如等也會「略論律呂」，這種音樂傳統是在沒有間斷的。

　　直至魏晉南北朝時期，「誦詩」則更為流傳開來。「誦詩」就是吟詠詩歌，吟詠的對象可是是典籍，也可以是自己的創作，主要目的是為了抒發情懷，展現個人的思想。

　　《晉書・隱逸傳》記載公孫鳳：「彈琴吟詠，陶然自得，人咸異之，莫能測也。」〔註15〕而在東晉時候，「洛生詠」則成為名士追求的時尚。

　　《世說新語・雅量》記載：

　　　　桓公伏甲設饌，廣延朝士，因此欲誅謝安、王坦之。
　　王甚遽，問謝曰：「當作何計？」謝神意不變，謂文度曰：
　　「晉阼存亡，在此一行。」相與俱前。王之恐狀，轉見於
　　色。謝之寬容愈表於貌。望階趨席，方作洛生詠，諷「浩
　　浩洪流。」桓憚其曠遠，乃趣解兵。王、謝舊齊名，於此始
　　判優劣。〔註16〕

　　這種以模擬洛陽方音氣息的詠法成為東晉時尚，可側面一見當時吟詠之盛。《北齊書》描繪王晞「嘯詠遨遊，登臨山水，以談宴為事。」〔註17〕而在品評人物性情時候，常常以善「詩詠」來稱讚。如「子萬壽，聰識機警，博涉群書，禮傳俱通大義，有辭藻，尤甚詩詠。」〔註18〕「後

〔註14〕　（漢）班固撰，（唐）顏師古注：《漢書》，北京：中華書局，1975年，第1045頁。

〔註15〕　（唐）房玄齡等撰：《晉書》，北京：中華書局，1974年，第2450頁。

〔註16〕　余嘉錫：《世說新語箋疏》，北京：中華書局，2007年，第437～438頁。

〔註17〕　（唐）李百藥撰：《北齊書》，北京：中華書局，1972年，第890頁。

〔註18〕　（唐）李百藥撰：《北齊書》，北京：中華書局，1972年，第596頁。

主雖溺於群小，然頗好諷詠。」〔註19〕王敦：「每酒後輒詠魏武帝樂府歌曰：『老驥伏櫪志在千里，烈士暮年壯心不已。』以如意打唾壺為節，壺邊盡缺。」〔註20〕吟誦詩歌，是表達情感的。在魏晉南北朝那個追求自我、表達自我的時代，「吟誦」則是一種風尚。

二、《楚辭》的吟誦

對於《楚辭》的吟誦早在漢代已有之。《史記·酷吏列傳》：

> 始長史朱買臣，會稽人也，讀《春秋》。莊助使人言買臣，買臣以《楚辭》與助俱幸，侍中，為太中大夫，用事。〔註21〕

而《漢書·朱買臣傳》也有相同的記載：

> 會邑子嚴助貴倖，薦買臣。召見，說《春秋》，言《楚辭》，帝甚悅之，拜買臣為中史大夫，與嚴助俱侍中。〔註22〕

可見，朱買臣是吟誦《楚辭》的高手。

而《漢書·王褒傳》也記載到：「宣帝時修武帝故事，講論六藝群書，博盡奇異之好，徵能為《楚辭》九江被公，召見誦讀，益招高材劉向、張子僑、華龍、柳褒等待詔金馬門。」〔註23〕又有記載：「孝宣皇帝詔徵被公，見誦楚辭。被公羊裘，母老，每一誦，輒與粥。」〔註24〕九江公因為可以「誦《楚辭》」而被徵召。

為何「誦《楚辭》」需要專人為之？宋黃伯思《校訂楚辭》中有論述：

〔註19〕（唐）李百藥撰：《北齊書》，北京：中華書局，1972年，第603頁。
〔註20〕（唐）房玄齡等撰：《晉書》，北京：中華書局，1974年，第2227頁。
〔註21〕（漢）司馬遷撰：《史記·酷吏列傳》，北京：中華書局，1959年，第3142頁。
〔註22〕（漢）班固撰，（唐）顏師古注：《漢書》，北京：中華書局，1962年，第2791頁。
〔註23〕（漢）班固撰，（唐）顏師古注：《漢書》，北京：中華書局，1962年，第2821頁。
〔註24〕（清）嚴可均輯：《全上古三代秦漢三國六朝文》，北京：中華書局，1958年，第352頁。

屈宋諸騷，皆書楚語，作楚聲，紀楚地，名楚物，故可謂之楚辭。若「些」、「只」、「羌」、「誶」、「蹇」、「紛」、「侘」、「傺」者，楚語也；悲壯頓挫、或韻或否者，楚聲也；「沅」、「湘」、「江」、「澧」、「脩門」、「夏首」者，楚地也；「蘭」、「茝」、「荃」、「藥」、「蕙」、「若」、「芷」、「蘅」者，楚物也。〔註25〕

黃伯思認為屈宋因為作楚聲，發楚語，紀楚地，名楚物，所以才稱之為楚辭。只有通楚語之人，才能真正以「楚音」讀《楚辭》。《楚辭》悲壯頓挫，感情激越，對於其中韻律的領悟，恐怕只有以「楚音」讀之才能感悟深刻。這種以方言寫成的作品在吟誦時的難度對於非楚地之人來說是較大的。顏之推也在《顏氏家訓‧音辭》中認言語不同而文學作品各有所宗：「夫九州之人，言語不同，生民已來，固常然矣。自《春秋》標齊言之傳，《離騷》目《楚辭》之經，此蓋其較明之初也。」〔註26〕

而至魏晉，這種吟誦《楚辭》的傳統並未消失，反而隨著魏晉盛行的吟詠之風，「誦《楚辭》」也同樣成了魏晉名士風的一個標準。

《世說新語‧任誕》有言：

王孝伯（恭）言：「名士不必須其才，但使常得無事，痛飲酒，熟讀《離騷》，便可稱名士。」〔註27〕

魯迅在《魏晉風度及文章與藥及酒之關係》〔註28〕中將「藥」和「酒」視為魏晉士人生活方式的兩種基本現象。而王孝伯這裡提出了熟讀《離騷》也可稱作名士。我們可以得見，《楚辭》成為了魏晉士人吟誦的對象之一，這種也是蔚然成風的。

〔註25〕 （宋）陳振孫：《直齋書錄解題‧卷十五‧楚辭類》（引黃伯思《校訂楚辭》），上海：上海古籍出版社，1987年，第436頁。

〔註26〕 （北齊）顏之推撰，王利器集解：《顏氏家訓集解‧音辭》，上海：上海古籍出版社，1980年，第473頁。

〔註27〕 余嘉錫撰：《世說新語箋疏》，北京：中華書局，1983年，第764頁。

〔註28〕 魯迅：《魏晉風度及文章與藥及酒之關係》（《而已集》），北京：人民文學出版社，1953年。

　　《魏書・盧玄傳》中山王熙見盧元明飲酒賦詩，性情灑脫讚歎他：
「盧郎有如此風神，唯須誦《離騷》，飲美酒，自為佳器。」誦《離騷》
與飲美酒，是盧元明風雅的標誌。《梁書・宗懍列傳》：「（宗）洽幼敏
寤，年七歲，誦《楚辭》略上口。」〔註29〕《陳書・高祖皇后列傳》高
祖宣皇后章氏：「善書記，能誦《詩》及《楚辭》。」〔註30〕能誦《楚
辭》也成為了婦、幼才識過人的體現。而這裡我們可以注意到，對於
《楚辭》的吟誦在後宮王室一樣流行。統治階級同樣也讀《楚辭》，這
與那些懷才不遇、借辭抒情的士人們又有著不一樣的意味。

　　而能引用《楚辭》詩句，則是顯示名士風的作風。《世說新語・排調》
記載：「王子猷詣謝公，謝曰：『云何七言詩？』子猷承問，答曰：『昂昂
若千里之駒，泛泛若水中之鳧。』」這裡即是引用了《卜居》詩句。《世說
新語・豪爽》言：「王司州在謝公坐詠『入不言兮出不辭，乘回風兮載雲
旗』，語人云：當爾時，覺一坐無人。」〔註31〕王胡之吟詠《九歌》詩句，
並對人說，當時覺得「一坐無人」，這種沉醉正是彰顯名士之風。

　　《梁書・賀琛列傳》中記載，賀琛覺得當時梁武帝蕭衍「緣飾奸
諂，深害時政」所以上奏諫言，而蕭衍口授敕責賀琛，其中說到：「謇
謇有聞，殊稱所期。但朕有天下四十餘年，公車讜言，見聞聽覽，所陳
之事，與卿不異，常欲承用，無替懷抱，每苦悾傯，更增悵惑。卿珥貂
紆組，博問洽聞，不宜同於郤詵，止取名字，宣之行路。言『我能上事，
明言得失，恨朝廷之不能用』。或誦《離騷》『蕩蕩其無人，遂不禦乎
千里』。或誦《老子》『知我者希，則我貴矣』。如是獻替，莫不能言，
正旦虎樽，皆其人也。卿可分別言事，啟乃心，沃朕心。」〔註32〕那
些身繫貂尾，佩戴官印的顯赫之臣們或以《離騷》句，或以《老子》句

〔註29〕（唐）姚思廉撰：《梁書》（卷四十一），北京：中華書局，1973 年，
　　　　第 589 頁。
〔註30〕（唐）李延壽撰：《南史》，北京：中華書局，1975 年，第 343 頁。
〔註31〕余嘉錫撰：《世說新語箋疏》，北京：中華書局，1983 年，第 605 頁。
〔註32〕（唐）姚思廉撰：《梁書》（卷三十八《賀琛列傳》）》，北京：中華書局，
　　　　1973 年，第 540 頁。

表心意，上言高祖。此處「蕩蕩其無人，遂不禦乎千里」蕭衍以為出自《離騷》，而實際上乃劉向《離世》詩句「路蕩蕩其無人兮，遂不禦乎千里。」可見這種對於《楚辭》詩句的引用和吟誦是較為普遍和廣泛的。

　　蕭繹《金樓子‧聚書篇》中記載他命孔昂抄寫一些典籍其中就包括《離騷》，「合六百三十四卷，悉在一巾箱中，書極精細。」〔註33〕而在誦讀《楚辭》時，能體會它的美好的不乏其人。如陸雲《與兄平原書》中寫道：「嘗聞湯仲歎《九歌》，昔讀《楚辭》，意不大愛之。頃日視之，實自清絕滔滔。故自是識者，古今來為如此種文，此為宗矣。視《九章》時有善語，大類是穢文，不難舉意。視《九歌》便自歸謝絕。思兄常欲其作詩文，獨未作此曹語。若消息小佳，願兄可試作之。兄復不作者，恐此文獨單行千載。間嘗謂此曹語不好，視《九歌》，正自可歎息。王褒作《九懷》，亦極佳，恐猶自繼。真玄盛稱《九辯》，意甚不愛。」〔註34〕陸雲給陸機去信談自己讀《九歌》覺得它「清絕滔滔」。而對於《九章》就無愛意，認為《九章》是「穢文」，這種直接抒發讀《楚辭》的感慨直接而快意。陸雲不僅熟讀《楚辭》，更有大量的楚辭擬作，他有自己的偏好，並付諸於實踐。

　　劉畫在《劉子‧正賞》〔註35〕中說道：「宋人得燕石以為美玉，銅匣而藏之。後知是石，因捧匣而棄之，此為未識玉也。郢人為賦，託以靈均，舉世而誦之。後知其非，皆緘口而捐之，此為未知文也。」靈均之賦，舉世而誦之，他譽其為美玉。

　　魏晉南北朝時文人誦《楚辭》以為風雅，用《楚辭》之句以為才華，婦孺以能吟《楚辭》為美，這些足以見得《楚辭》在這個時代的地位。「熟讀《離騷》」便可稱名士，這個標準雖然沒有「酒」與「藥」那般顯著，但魏晉名士以吟誦典籍為美談也是不容忽視的。《楚辭》是一

〔註33〕　（梁）蕭繹撰：《金樓子》，北京：中華書局，1985年，第33頁。

〔註34〕　（晉）陸雲撰，黃葵點校：《陸雲集》，北京：中華書局，1988年，第134頁。

〔註35〕　（北齊）劉畫著，傅亞庶校釋：《劉子校釋‧正賞章卷十》（新編諸子集成），北京：中華書局，1998年，第486頁。

部寶貴的遺產，魏晉南北朝時期文人看到了這點。在魏晉南北朝時代，《楚辭》的地位並不因為缺少標杆型的研究著作而暗淡，它不及兩宋，因眾多校注《楚辭》的研究著作的出現而地位顯赫，因為《楚辭》是浸潤式地流傳於文人之間，它的影響直接體現在士人的生活方式上。

《楚辭》能被廣泛吟誦，這與《楚辭》本身的特色密不可分。

《楚辭》的韻律、長短、抒情內容適合詠歎。《楚辭》所具有的這種音樂性即是能被吟誦的基礎條件。

作為詩歌，其音樂性不必贅述。尤其是「兮」字的存在，使得抒情途徑極為方便，抑揚頓挫、調節詩歌節奏，琅琅上口，讓《楚辭》的音樂性進一步增強。而不同於其他詩歌的是，《楚辭》中出現的「亂詞」也是其適合吟誦的很好例證。

公木先生認為，「詩歌」的分離以《楚辭》的出現為標誌，「在《楚辭》中，《九歌》《九辯》仍是歌詩，這沒有問題；《天問》《卜居》《漁父》已是誦詩，這問題也不大；至於《離騷》《九章》《遠遊》等，就比較難判斷了，它們似乎是處在由歌詩向誦詩的過渡狀態，都是集合若干節民謠組合稱長短不等的一套大麯，但除了最後的『亂曰』、『少歌曰』、『倡曰』為歌詞，其餘部分大約只供吟誦，不被管絃。所以《楚辭》自漢已傳誦讀之法。」〔註36〕這種本身就是需要演唱的內容，誦讀起來又極為便利。

究其社會原因，佛教的繁盛是不可不關注到。南朝梁釋慧皎《高僧傳》中有記載：

> 始有魏陳思王曹植，深愛聲律，屬意經音。既通般遮之瑞響，又感魚山之神制。於是刪治《瑞應本起》，以為學者之宗。傳聲則三千有餘，在契則四十有二。〔註37〕

〔註36〕 公木：《歌詩與誦賦──兼論詩歌與音樂的關係》，《文學評論》，1980年第6期。

〔註37〕 （南朝梁）釋慧皎：《高僧傳》（卷一三），北京：中華書局，1992年，第507頁。

　　佛教傳入中國，佛教音樂也同時傳入。曹植對聲樂的喜愛，正是從側面說明了梵語的音韻與漢字在三國時代的流行。南北朝時期佛教之興盛，帶動了對文人對音韻的關注和探索，而又反過來提起了文人對於音韻的誦讀。這些情形陳陳相因，使得社會的誦讀風氣蔚為大觀。

第二節　關於「矩式周人」與「乖乎風雅」的問題

　　漢代劉安曰：「《國風》好色而不淫，《小雅》怨誹而不亂，若《離騷》者，可謂兼之矣。」〔註38〕劉安認為《離騷》兼有《國風》與《小雅》的特點。班固《漢書·藝文志》曰：「大孺孫卿及楚臣屈原，離讒憂國，皆作賦以風，咸有惻隱古詩之義。」〔註39〕「賢人失志」之後有了屈原之作，屈原賦在源流上與《詩經》一脈。王逸《楚辭章句》：「夫《離騷》之文，依託五經以立意焉。」漢人以「依經取義」的原則來評價屈原與《楚辭》，這種評價方法對魏晉南北朝文人影響巨大，他們不僅評價《詩經》《楚辭》的源承關係，提出了「暨楚之騷文，矩式周人」這樣的說法，認為《楚辭》從比興譬喻以及諷詠等角度，很好地繼承了《詩經》的精神。同時對於屈原之後的楚辭作家，也提出了「淫文放發，言過於實，誇競之興，體失之漸，風雅之則，於是乎乖」的看法，對於宋玉及其以後的漢代賦作家，提出了「多淫浮之病」的批評，同時「乖乎風雅」也正是反面突出了詞藻之興的特點。

一、「矩式周人」的依經取義評價原則

　　《文心雕龍·通變》曰：「暨楚之騷文，矩式周人；漢之賦頌，影寫楚世；魏之篇製，顧慕漢風；晉之辭章，瞻望魏采。」〔註40〕劉

〔註38〕　（漢）司馬遷：《史記》，北京：中華書局，1956年，第2482頁。
〔註39〕　（漢）班固：《漢書》，北京：中華書局，1962年，第1756頁。
〔註40〕　（南朝梁）劉勰著，范文瀾注：《文心雕龍注》，北京：人民文學出版社，1958年，第519~521頁。

勰認為楚之騷文，取法周人，周人之作以《詩經》為代表。《楚辭》來源於《詩經》，並以《詩經》之「義」來評說《楚辭》，這在整個魏晉南北朝具有代表性。

首先是建安文學批評家曹丕，他在《典論・論文》中曰：

> 或問：「屈原、相如之賦孰愈？」曰：「優游案衍，屈原之尚也；窮侈極妙，相如之長也。然原據託譬喻，其意周旋，綽有餘度矣。長卿、子雲，意未能及也。」〔註41〕

《文選・史論》中引楊雄《法言》：「『或問屈原、相如之賦孰愈？』曰：『原也過以浮，如也過以虛，過浮者蹈雲天，過虛者華無根。然原上授稽古，下引鳥獸，其著意子雲，長卿亮不可及。』」〔註42〕曹丕模擬揚雄的這段話，比較屈原和司馬相如的文學特徵。揚雄對屈原的作品是持有否定態度的，他認為屈原之作「過以浮」、「蹈雲天」，認為屈作文辭華麗，缺少質樸之感，而其中「蹈雲天」那些上天入地的描寫，不符合孔子「不語怪力亂神」的精神。而曹丕認為屈作「優游案衍」，「據託譬喻」，不僅文筆揮灑自如，而且善於運用比喻。曹丕看重作家才情與作品的關係，而他看到屈原善用比興，託物言志這點，與王逸看到屈作「依《詩》取興，引類譬喻」似有所承繼，王逸以儒家觀點肯定《楚辭》比附《詩經》，認為《楚辭》繼承了《詩經》的藝術特色，但曹丕直接總結到了《楚辭》的藝術和表現手法即是「據託譬喻」，獨立地關注到了《楚辭》的藝術特色，為評《楚辭》開啟了新的時代之風。

西晉的皇甫謐《三都賦序》中：

> 詩人之作，雜有賦體。子夏序詩曰：一曰風，二曰賦，故知賦者。古詩之流也。……是以孫卿、屈原之屬，遺文炳

〔註41〕 （清）嚴可均輯：《全上古三代秦漢三國六朝文》，北京：中華書局，1958年，第1098頁。

〔註42〕 （梁）蕭統編，（唐）李善注：《文選》（第六冊），上海：上海古籍出版社，1986年，第2218頁。

　　然，辭義可觀，存其所感，咸有古詩之意，皆因文以寄其心，
託理以全其制，賦之首也。〔註43〕

　　皇甫謐認為屈原之賦，「咸有古詩之意，皆因文以寄其心，託理以
全其制」，這是認為荀子和屈原繼承了《詩經》的抒情言志以及諷詠特
點，這是對班固說法的直接繼承。

　　摯虞《文章流別論》中沿襲了皇甫謐的看法：

　　　　賦者，敷陳之稱，古詩之流也。古之作詩者，發乎情，
止乎禮義。情之發，因辭以行之，禮義之旨，須事以明之，
故有賦焉。所以假象盡辭，敷陳其志。前世為賦者，有孫卿、
屈原，尚頗有古詩之義。〔註44〕

　　摯虞從《詩經》「六義」之一的「賦」說起，認為「前世為賦者，
有孫卿、屈原，尚頗有古詩之義」，屈原之作也是「古詩之流」。他從
「義」的角度，看到了《詩》《騷》的源承關係。摯虞認為感情是作家
創作的源泉，古詩是「發乎情，止乎禮義」，而後世文人心中有情之後，
「因辭以行之，禮義之旨，須事以明之」，用文辭寫下情感，以闡發禮
義為旨要，而在這方面做的最好的，屈原也是其中之一。這點對漢代揚
雄、班固有承襲之意。摯虞認為屈原繼承了《詩經》抒情以表義的傳
統，即抒情言志。屈原為了理想上下求索，抒發自己的愛國與忠貞，這
種「志」的表達符合摯虞所認為的詩之旨。

　　到了劉勰《文心雕龍》，其《辨騷》曰：

　　　　自《風》《雅》寢聲，莫或抽緒，奇文鬱起，其《離騷》
哉！固已軒翥詩人之後，奮飛辭家之前，豈去聖之未遠，而
楚人之多才乎！〔註45〕

〔註43〕　（梁）蕭統編，（唐）李善注：《文選》（第六冊），上海：上海古籍出
　　　　版社，1986 年，第 2037 頁。
〔註44〕　（清）嚴可均輯：《全上古三代秦漢三國六朝文》，北京：中華書局，
　　　　1958 年，第 1905～1906 頁。
〔註45〕　（南朝梁）劉勰著，范文瀾注：《文心雕龍注》，北京：人民文學出版
　　　　社，1958 年，第 45 頁。

　　他首先提出的就是《楚辭》為「軒翥詩人之後，奮飛辭家之前」，在文學發展過程中，《楚辭》源承於《詩經》。《宗經》中說到「賦頌歌贊，則《詩》立其本。」可見《詩經》的源本地位。

　　《比興》中論「依《詩》製《騷》」，還有《事類》中「觀夫屈宋屬篇，號依詩人。雖引古事，或莫舊辭」，劉勰從不同角度論述了楚辭對《詩經》的繼承，比如繼承了《詩》的比興之義，託虯龍、雲蜺來比喻正反面人物；又如繼承了《詩》的怨刺精神，「長太息以掩涕兮」與儒家「興、觀、群、怨」詩教中的「怨」相符合。

　　在怨刺的繼承上，劉勰說道：

　　　　春秋觀志，諷誦舊章。酬酢以為賓榮，吐納而成身文。

　　逮楚國諷怨，則《離騷》為刺。(《明詩》) 〔註46〕

　　　　楚襄信讒，而三閭忠烈，依《詩》製《騷》，諷兼比興。

　　(《比興》) 〔註47〕

　　劉勰讚揚《楚辭》的怨刺、諷喻特色，認為這些特點是《詩經》帶來的影響體現。

　　他一方面承認屈原師法《詩經》，但另一方面，他更加敏銳地看到，《楚辭》是「別為一家」。《辨騷》中有「觀其骨鯁所樹，肌膚所附，雖取熔《經》旨，亦自鑄偉辭」之論，《楚辭》對《詩》之旨是加以熔取的，但「自鑄偉辭」，說明各領風騷了。

　　在引用古人文辭，《事類》中論述了賈誼、司馬相如對屈宋的繼承：「觀夫屈宋屬篇，號依詩人，雖引古事，而莫取舊辭。」〔註48〕

　　劉勰認為《離騷》是仿照《詩經》而作，所以《離騷》中引用了夏啟、夏康、后羿等故事，這一點他在《辨騷》中也有闡釋。

〔註46〕 （南朝梁）劉勰著，范文瀾注：《文心雕龍注》，北京：人民文學出版社，1958年，第66頁。

〔註47〕 （南朝梁）劉勰著，范文瀾注：《文心雕龍注》，北京：人民文學出版社，1958年，第602頁。

〔註48〕 （南朝梁）劉勰著，范文瀾注：《文心雕龍注》，北京：人民文學出版社，1958年，第614～617頁。

顏延之《祭屈原文》，而敘述創作之緣由是：「少帝即位，以為正員郎兼中書，尋徙員外常侍，出為始安太守……延之之郡，道經汨潭，為湘州刺史張紀《祭屈原文》，以致其意。」在《祭屈原文》中，他先論述了屈原精神之高潔，談到屈作時：「比物荃蓀，連類龍鸞。聲溢金石，志華日月。如彼樹芳，實穎實發。」〔註49〕他認為屈作以「比物」和「連類」的創作手法，使得其作品金聲玉振，與日月同光華，就像那一樹的繁花一樣，不停地綻放。

總體說來，這個時候關於《楚辭》承繼《詩經》的評論角度還集中據託譬喻與諷諫怨刺角度，基本還是對漢代觀點的繼承。

但南朝批評者裴子野這樣認為《詩經》《楚辭》本就為兩個不同流派，這種觀點在其《雕蟲論並序》中有所體現：

> 古者四始六藝，總而為詩，既形四方之氣，且彰君子之志，勸美懲惡，王化本焉。後之作者，思存枝葉，繁華蘊藻，用以自通。若悱惻芳芬，楚騷為之祖，靡漫容與，相如和其音。由是隨聲逐影之儔，棄指歸而無執，賦詩歌頌，百帙五車，蔡邕等之俳優，揚雄悔為童子，聖人不作，雅鄭誰分。〔註50〕

裴子野從兩種不同風格論起，將第一種「彰君子之志，勸美懲惡」的以《詩經》為代表，而「後之作者，思存枝葉，繁華蘊藻」的以楚騷為祖。裴子野對楚騷是持批評態度的，他認為《楚辭》的「悱惻芳芬」是形成後世繁華蘊藻的始作俑者，而不能起到「勸美懲惡」的作用，更無「彰君子之志」的功能。儒家文藝觀更多注重詩作的「怨刺」功能，顯然屈原及其追摹者並無詩的特性，似有批評之態。裴子野希望詩歌為政治服務，所以漢賦也因祖於楚騷而「不分雅正」。雖然裴子野否定

〔註49〕　（梁）蕭統編，（唐）李善注：《文選》（《祭屈原文》卷六〇），北京：中華書局，1977年，第2606頁。

〔註50〕　（清）嚴可均輯：《全上古三代秦漢三國六朝文》，北京：中華書局，1958年，第3262頁。

屈作，但是從另一個層面來說，他也正恰當總結了《楚辭》的藝術特色和表現形式。但從源頭來說，他是自一開始就將詩騷分離而論的。

認為屈作有「古詩之意」的說法比較主流，從對《詩經》的學習來看待《楚辭》的創作，也是對漢代「依經取義」評價方法的延續。

二、「乖乎風雅」背後的多元評價標準

屈原之後，賦作大興，《詩經》的傳統並沒有得到延續。魏晉南北朝文人看到了這一點，尤其指出，宋玉及其以後的漢代辭賦家文辭華麗，極其「宏侈」，而至風雅盡失。但「乖乎風雅」的批評背後，也出現了多種評價標準，如《楚辭》詞藻富麗的延續，「清辭」與「情志」的體現等。

首先是對「乖乎風雅」現象的批評。

西晉皇甫謐作《三都賦序》有云：

> 至於戰國，王道陵遲，風雅浸頓，於是賢人失志，……及宋玉之徒，淫文放發，言過於實，誇競之興，體失之漸，風雅之則，於是乎乖。……其中高者，至如相如《上林》、揚雄《甘泉》、班固《兩都》、張衡《二京》、馬融《廣成》、王先《靈光》，初極宏侈之辭，終以約簡之制。煥乎有文，蔚爾鱗集，皆近代辭賦之偉也。〔註51〕

他批評宋玉等人的辭賦誇麗不實，而至風雅盡失，漢代賈誼、司馬相如、揚雄、班固、張衡繼承了「誇競」的傳統，雖然他們的作品也是有誇張失實之弊，但辭賦宏偉，以約簡之制而「煥乎有文」。皇甫謐仍舊是以儒家思想來進行《楚辭》評論，王逸認為其有「惻隱古詩之義」，而有「古詩之意」即是注重文學作品的諷諫作用，宋玉言辭誇飾，是有失風雅的。但在皇甫謐看來，賈誼是「節之以禮」的。漢代大賦也是壯麗宏偉的。皇甫謐承認「詩賦欲麗」的同時認為要以禮加以束縛，他把賦的「文」和「用」統一起來，具有漢代思想餘韻。

〔註51〕（梁）蕭統編，（唐）李善注：《文選》（第六冊），上海：上海古籍出版社，1986年，第2037~2038頁。

　　皇甫謐欣賞文辭之美，「辭必盡麗」，同時認為辭賦應當有益於教化，有「非苟尚辭而已，將以紐之王教，本乎勸誡也。」〔註52〕所以他批評宋玉等人的辭賦誇麗不實，而至風雅盡失，漢代賈誼、司馬相如、揚雄、班固、張衡繼承了「誇競」的傳統，雖然他們的作品也是有誇張失實之弊，但辭賦宏偉，以約簡之制而「煥乎有文」。

　　摯虞《文章流別論》：

> 前世為賦者，有孫卿、屈原，尚頗有古詩之義。至宋玉則多淫浮之病矣。《楚辭》之賦，賦之善者也，故揚子稱賦莫深於《離騷》，賈誼之作，則屈原之儔也。古詩之賦，以情義為主，以事類為佐。今之賦，以事形為本，以義正為助。情義為主，則言省而文有例矣；事形為本，則言當而辭無常矣。文之煩省，辭之險易，蓋由於此。〔註53〕

　　摯虞認為《楚辭》為「古詩之流」，也有辭人之賦有「淫浮」之病，發端者為宋玉，他對宋玉的批判繼承自皇甫謐。從宋玉以後的楚辭文人漸失風雅，走向了風格綺麗之路，這種風格從總體上都是背離了《詩經》之義的。

　　其次是脫離《詩經》評價標準之外別的評價角度，如從詞藻上的認同以及對《楚辭》情感特色的解讀。

　　《文心雕龍》從詞藻的繼承上，《定勢》曰：「是以模經為式者，自入典雅之懿；效《騷》命篇者，必歸豔逸之華；綜意淺切者，類乏醞藉；斷辭辨約者，率乖繁縟：譬激水不漪，槁木無陰，自然之勢也。」〔註54〕劉勰關注楚辭精彩豔豔的詞藻，後世的華豔之詞來源於對《楚辭》的模擬。「效《騷》命篇者，必歸豔逸之華」。從寫作手法上，《誇

〔註52〕　（梁）蕭統編，（唐）李善注：《文選》（第六冊），上海：上海古籍出版社，1986 年，第 2037 頁。

〔註53〕　（清）嚴可均輯：《全上古三代秦漢三國六朝文》，北京：中華書局，1958 年，第 1905 頁。

〔註54〕　（南朝梁）劉勰著，范文瀾注：《文心雕龍注》，北京：人民文學出版社，1958 年，第 529～532 頁。

飾》〔註55〕中說：「自宋玉、景差，誇飾始盛。」在景物的描寫特色上，《物色》〔註56〕曰：「及《離騷》代興，觸類而長，物貌難盡，故重沓舒狀，於是「嵯峨」之類聚，葳蕤之群積矣。及長卿之徒，詭勢瑰聲，模山范水，字必魚貫，所謂詩人麗則而約言，辭人麗淫而繁句也。……若乃山林皋壤，實文思之奧府，略語則闕，詳說則繁。然則屈平所以能洞監《風》《騷》之情者，抑亦江山之助乎？」《楚辭》之描景狀物，用詞豐富。淮南小山《招隱士》中有：「山氣龍嵷兮石嵯峨。」王逸《九思・傷時》有「超五嶺兮嵯峨，觀浮石兮崔嵬。」東方朔《七諫・初放》有「上葳蕤而防露兮。」都是取自《離騷》寫景之辭。

　　《楚辭》精彩豔豔的詞藻對漢代文人的影響是巨大的，劉勰的探究細緻，這與他的《文心雕龍》文體格局是有關係的。但從發展的角度來評價《楚辭》，探索後世文人學習的內容，工夫極其細緻而且有創新意義。

　　其他文人如蕭繹等也有批評，如他的《金樓子・立言》曰：「古人之學者有二，今人之學者有四。夫子門徒轉相師受，通聖人之經者，謂之儒；屈原、宋玉、枚乘、長卿之徒，止於辭賦，則謂之文。〔註57〕」這就是從「文」的角度，看待屈原、宋玉、枚乘、司馬相如之傳。又如以聲律論名著於史的沈約，在其所撰《謝靈運書》中論述了文學之發展歷程，他在其中肯定了《楚辭》的「清辭」與「情志」：

> 周室既衰，風流彌著，屈平、宋玉，導清源於前，賈誼、
> 相如，振芳塵於後，英辭潤金石，高義薄雲天。自茲以降，
> 情志愈廣。王褒、劉向、揚、班、崔、蔡之徒，異軌同奔，
> 遞相師祖。雖清辭麗曲，時發乎篇，而蕪音累氣，固亦多矣。
> 若夫平子豔發，文以情變，絕唱高蹤，久無嗣響。至於建
> 安，……是以一世之士，各相慕習，原其飆流所始，莫不同

〔註55〕　（南朝梁）劉勰著，范文瀾注：《文心雕龍注》，北京：人民文學出版
　　　　　社，1958年，第608～609頁。
〔註56〕　（南朝梁）劉勰著，范文瀾注：《文心雕龍注》，北京：人民文學出版
　　　　　社，1958年，第693～695頁。
〔註57〕　（梁）蕭繹撰：《金樓子》，北京：中華書局，1985年，第75頁。

祖《風》《騷》。徒以賞好異情，故意製相詭。〔註58〕

　　他肯定了《風》《騷》為辭章之祖，屈原、宋玉「導清源」於前，而後賈誼、司馬相如、才有了潤金石之辭采，薄雲天之高義。他不僅認可屈作辭「豔」，更認同他的「文以情變」，以致後世皆模擬學習，辭豔情切。沈約評《楚辭》，以探索文學淵源的心態，梳理文學流變，他肯定了《楚辭》對後世的影響，詳述楚辭文學作家在學習、模擬中的特色，將《楚辭》置於較崇高的地位。

　　風雅盡失是後人對屈原詞藻、情感等方面學習加多關注的結果，「依經取義」不再是魏晉南北朝文人評價楚辭的一個重要標準，這種不同角度的評價，才是不同時代的特色。

第三節　關於「騷」與「賦」的區別問題

　　明代吳訥在《文章辨體序說》中道：「文辭以體制為先」〔註59〕，褚斌杰先生在《中國古代文體概論》中定義：文體，指文學的體裁、體制和樣式。〔註60〕早在先秦時期，《詩經》是對詩的匯總編集，同時下分風、雅、頌。《尚書》是對散文的匯總編集，下分典、謨、訓、誥、誓、命。《周禮‧大祝》中有「作六辭」的記載：「一曰祠，二曰命，三曰誥，四曰會，五曰禱，六月誄。」東漢時期蔡邕《獨斷》中記載天子所用文體：「一曰策書，二曰制書，三曰詔書，四曰戒書」，群臣所用文體：「一曰章，二曰奏，三曰表，四曰駁議」。〔註61〕而中國古代關於研究文體的專著在魏晉時期開始出現，對於《楚辭》的文體歸屬，諸多

〔註58〕（南朝）沈約撰：《宋書》（卷六十七‧謝靈運傳），北京：中華書局，1994年，第1743頁。

〔註59〕（明）吳訥著，于北山校點：《文體明辨序說》／（明）徐師曾著，羅根澤校點：《文體明辨序說》，北京：人民文學出版社，1998年，第7頁。

〔註60〕褚斌杰：《中國古代文體概論（增訂本）》，北京：北京大學出版社，1990年，第1頁。

〔註61〕（漢）蔡邕：《獨斷》（《叢書集成初編》第811冊），北京：中華書局，1985年，第4頁。

文學批評作品多有論及。將《楚辭》列為賦之屬，早已有之。到了南北朝時期，將《楚辭》分離於賦，此乃這個時代之特色。

一、《楚辭》「賦之首也」

將《楚辭》歸於賦類，從《漢書・藝文志》開始。

班固《漢書・藝文志》，將著錄專書分為「六藝略」「諸子略」「兵書略」「術數略」「方技略」「詩賦略」。「詩賦略」下又有「屈原賦」、「孫卿賦」、「陸賈賦」和「雜賦」四類。

《漢書・藝文志》將屈原作品列為賦類，使得魏晉時期，有許多批評家沿用此法。

至魏晉時期，曹丕的《典論・論文》則是重要的文論典籍，其中「夫文本同而末異，蓋奏議宜雅，銘誄尚實，詩賦欲麗。此四科不同，故能之者偏也；唯通才能備其體。」曹丕列舉：奏議、書論、銘誄、詩、賦四科，共八類。褚斌杰先生認為曹丕分類論說文體，開了以體論文，探討寫作特點的風氣。〔註62〕曹丕在在《典論・論文》中說到：「或問：『屈原、相如之賦孰愈？』」〔註63〕此處直接稱屈原作品為「賦」。

而後有陸機《文賦》云：

> 詩緣情而綺靡，賦體物而瀏亮。碑披文以相質，誄纏綿而悽愴。銘博約而溫潤，箴頓挫而清壯。頌優游以彬蔚，論精微而朗暢。奏平徹以閒雅，說煒曄而譎誑。〔註64〕

列舉出來詩、賦、碑、誄、銘、箴、頌、論、奏、說共十種文體。陸機繼承曹丕《典論・論文》八類劃分，並有擴充。摯虞《文章流別論》也有羅列，其「前世為賦者，有孫卿、屈原，尚頗有古詩之義」，

〔註62〕 褚斌杰：《中國古代文體概論（增訂本）》，北京：北京大學出版社，1990年，第16頁。

〔註63〕 （清）嚴可均輯：《全上古三代秦漢三國六朝文》，北京：中華書局，1958年，第1097～1098頁。

〔註64〕 （晉）陸機著，張少康集釋：《文賦集釋》，北京：人民文學出版社，2002年，第99頁。

將屈作列為「賦」別。

皇甫謐《三都賦序》有云：

> ……是以孫卿、屈原之屬，遺文炳然，辭義可觀。存其所感，咸有古詩之意，皆因文以寄其心，託理以全其制，賦之首也……逮漢賈誼，……其中高者，至如相如《上林》、揚雄《甘泉》、班固《兩都》、張衡《二京》、馬融《廣成》、王先《靈光》，初極宏侈之辭，終以約簡之制。煥乎有文，蔚爾鱗集，皆近代辭賦之偉也。〔註65〕

皇甫謐認為屈原之作為賦之首的文體觀，是較有典型性的。他以儒家大義為原則，認為孫卿和屈原之賦，是「皆因文以寄其心，託理以全其制」，同時皇甫謐又很欣賞屈原作品的炳然文采和可觀之辭義，這是他從對屈作文學特徵的概括，也是對賦鋪陳特點的認識。屈原之後，又列賈誼、司馬相如、揚雄、班固、張衡等辭賦大家，認為他們節之以禮，而至「煥乎有文，蔚爾鱗集」。皇甫謐以屈原作品的炳然文采和可觀辭義為標準，而形成了從「騷」到「賦」的發展軌跡，這是對屈作文體的一種直觀認識。

西晉的摯虞，與皇甫謐看法相似。他在其《文章流別論》中說：「賦者，敷陳之稱，古詩之流也。」〔註66〕屈原之作有古詩之義，並稱《楚辭》為「賦之善者」。摯虞眼中的《楚辭》，是「以情義為主，以事類為佐」這種以感情為準則、以形式為輔佐的批評方法，使得他對宋玉的作品持貶低態度，認為有「淫浮之病」。

摯虞也認識到「古之賦」和「今之賦」的差別，這種差別僅是表現手法的差異，他足以直接區別屈原之作與賦。

蕭繹《金樓子・立言》云：「古之學者有二，今之學者有四。夫子

〔註65〕　（梁）蕭統編，（唐）李善注：《文選》（第六冊），上海：上海古籍出版社，1986 年，第 2037 頁。

〔註66〕　（清）嚴可均輯：《全上古三代秦漢三國六朝文》，北京：中華書局，1958 年，第 1905～1906 頁。

門徒轉相師受,通聖人之經者,謂之儒;屈原、宋玉、枚乘、長卿之徒,止於辭賦,則謂之文。」﹝註67﹞

漢代辭賦混用,葉幼明說:「漢人對屈宋作品及其擬作或稱辭,或稱楚辭,或稱賦。在他們看來,辭與賦是二而一的,是同一種文體的不同稱述。」﹝註68﹞漢代的辭賦混用觀點,延續至魏晉時期,而南朝梁蕭繹也有繼承,可見此種文體觀為主流之景。

二、騷別於賦

對於「賦」的起源,馬積高《賦史》分為四類:

第一類為源自《詩經》說。班固《兩都賦序》曰:「賦者,古詩之流也。」李善注:「《毛詩序》曰:『詩有六義焉,二曰賦。』故賦為古詩之流也。」《漢書·藝文志·詩賦略》曰:「春秋之後,周道浸壞,聘問歌詠不行於列國,學《詩》之士逸在布衣,而賢人失志之賦作矣。」在散體賦中,多用四言句式,這與《詩經》是一脈相承,散體賦中很多是吸收了《雅》和《頌》較為典雅的語體風格,這也為了賦鋪陳事物的手法。

第二類為源自《詩經》《楚辭》之說。《文心雕龍·詮賦》:「然賦也者,受命於詩人,拓宇於楚辭也。」司馬遷說:「屈原既死之後,楚有宋玉、唐勒、景差之徒,皆好辭而以賦見稱。」賦本身在屈原之時就已存在,荀況為第一位作賦之人。他的《賦篇》最早以賦名篇者。荀賦是以四言為主體,而楚辭體被引入賦,皆因宋玉。司馬遷稱其為「好辭而以賦見稱」,宋玉作為屈原的弟子,他模擬屈作創作了眾多楚辭體作品,為與屈原並稱的楚辭作家,而他又開漢賦之先導,在篇幅結構上擴充了荀賦的規模,句式上引入了屈辭句式,語言形式上用四言、五言、六言、七言乃至八言,結構上把對問與賦的正文分開,使對問既當引子,又充當序言,說明作賦的緣由。﹝註69﹞這些對漢賦的體制有基礎之作用。

﹝註67﹞ (梁)蕭繹撰:《金樓子》,北京:中華書局,1985年,第75頁。
﹝註68﹞ 葉幼明:《辭賦通論》,長沙:湖南教育出版社,1991年,第21頁。
﹝註69﹞ 褚斌杰:《中國古代文體概論(增訂本)》,北京:北京大學出版社,1990年,第74~75頁。

第三類為源自《詩經》《楚辭》以及諸子之說。清章學誠《漢志詩賦第十五》（《校讎通義》卷三）：「古之賦家者流，原本詩騷，出入戰國諸子。」《戰國策》等記錄縱橫家之言的諸子散文，對於漢賦的影響深遠。

第四類為隱語之說。《文心雕龍・諧音》：「昔齊威酣樂，而淳于說甘酒；楚襄宴集，而宋玉賦好色。意在微諷，有足觀者。……於是東方枚皋，餔糟啜醨，無所匡正，而詆嫚媟弄，故其自稱為賦，亦乃俳也。」早在荀賦中，他「遁詞以隱意，譎譬以志事。」的表現手法就與「隱體」有關。據褚先生總結，荀賦的特點是：字句基本整齊，有韻，帶有半詩半文的性質；表現手法上是荀況是根據社會上流行的俗體——「隱體」，而成為賦體，其間也學習了《詩經》的語言形式和句法；又繼承了「詩言志」的傳統，託物言志。所以賦源於「隱語」之說與荀況對「隱體」的加工分不開。後人有朱光潛《詩與諧隱》（《詩論》第三章）：「賦即源於隱。」方師鐸《傳統文學與類書之關係》、徐北文《先秦文學史》、張志岳《先秦文學簡史》都贊同此說法。

漢代王逸在整理楚辭作品時，其《楚辭章句》並未收入以賦為名的擬騷作品，從這點來看，王逸認為騷和賦是分開的。高林清在《魏晉南北朝楚辭批評研究》中認為，王逸已經注意到了「騷」與「楚辭」的不同概念，「騷」是更狹義的概念，單指屈原作品，而對於《離騷》稱《離騷經》。但是漢代的文體觀並不明確，騷、賦概念等仍舊混雜一體。

到了南北朝時期，騷、賦分離的文體概念開始出現。南朝宋齊之間的孔逭可能是有記載以來，最早作此分離的。明代胡應麟《玉海》中記載：「孔逭集漢以後諸儒文章，今存十九卷，賦、頌、騷、銘、誄、弔、典、書、表、論，凡十屬目錄。」但是孔逭之作已亡逸，不可見細節。

梁代蕭統《昭明文選》，開始單獨將楚辭分列，並以「騷」命名。而後劉勰《文心雕龍》更是單列《辯騷》，位列文類韻文之屬。從文體歸屬上來看，《楚辭》作品從「賦」之屬到「騷」之屬，這是基於認識到楚辭與賦的源流關係以及區別之上的。

蕭統《文選序》云：

　　嘗試論之曰：《詩序》云，《詩》有六義焉：一曰風；二曰
賦；三曰比；四曰興；五曰雅；六曰頌。至於今之作者，異乎
古昔。古詩之體，今則全取賦名。荀宋表之於前，賈馬繼之於
末。自茲以降，源流實繁。述邑居，則有憑虛亡是之作；戒畋
遊，則有長楊羽獵之制。若其紀一事，詠一物，風雲草木之興，
魚蟲禽獸之流，推而廣之，不可勝載矣。又楚人屈原，含忠履
潔，君匪從流，臣進逆耳，深思遠慮，遂放湘南。耿介之意既
傷，壹鬱之懷靡愬。臨淵有懷沙之志，吟澤有憔悴之容。騷人
之文，自茲而作。……凡次文之體，和以匯聚。詩、賦體既不
一，又以類分；類分之中，各以時代相次。〔註70〕

　　蕭統編《文選》，以賦、詩、騷之類相繼，在《序》中，他認為「賦」
是「古詩之體」，而後都以「賦」為名，詩與賦是源流關係。至於騷則
是獨立於二者。蕭統在論及賦的時候，提到了宋玉。宋玉一向被認為是
屈原的追隨者，而賦中，卻不提屈原，可見蕭統在刻意分開騷與賦的歸
屬。錢穆《中國學術思想史叢論》中評價到「此述屈子《離騷》，下開
詩境，以其同屬言志抒情，故連類而及，以示區別於上述紀事詠物之賦
也。宋玉與荀卿並舉，列之在前，顧獨以楚辭體歸之屈子，不與荀宋為
伍，此一分辨，直探文心，有闡微導正之功矣。」〔註71〕

　　《文選》裏「騷」類中，蕭統收入除屈原作品以後的《九辯》《招
魂》《九懷》等擬騷作品，這裡「騷」的範圍和王逸《楚辭章句》比，
已經擴大。

　　蕭統以「騷」稱屈原作品和後世擬騷作品，此點意義重大，可以
說是南北朝時期楚辭文學批評中的一個亮點。

　　到了劉勰的《文心雕龍》，以《辨騷》篇承繼於《明詩》《詮賦》，

〔註70〕　（清）嚴可均輯：《全上古三代秦漢三國六朝文》，北京：中華書局，
　　　　　1958年，第3067～3068頁。
〔註71〕　錢穆：《中國學術思想史叢論》，臺灣：東大圖書有限公司，1985年，
　　　　　第118頁。

詩、賦、騷的分類體現了他的《楚辭》文體觀。

劉勰《辨騷》:「昔漢武愛《騷》,而淮南做《傳》,以為『《國風》好色而不淫,《小雅》怨誹而不亂』,若《離騷》者,可謂兼之。」「故知《楚辭》者,體慢於三代,而風雅於戰國,乃《雅》《頌》之博徒,而詞賦之英傑也。」〔註72〕

但是,劉勰對於「騷」的具體範圍,也出現了不確定性。他在論及文章的構思以及技巧等方面,會使用「騷體」「風騷」「騷文」等詞眼。

如《樂府》中「延年以曼聲協律,朱、馬以騷體制歌。」《通變》「暨楚之騷文,矩式周人;漢之賦頌,影寫楚世;魏之篇製,顧慕漢風;晉之辭章,瞻望魏采。」等等,以突出《楚辭》的情感色彩等。

在《詮賦》中,其稱:

> 《詩》有六義,其二曰賦。賦者,鋪也;鋪采摛文,體物寫志也。昔邵公稱:「公卿獻詩,師箴賦」。傳云:「登高能賦,可為大夫。」詩序則同義,傳說則異體。總其歸塗,實相枝幹。劉向云「明不歌而頌」,班固稱「古詩之流也」。至如鄭莊之賦《大隧》,士蔿之賦《狐裘》,結言捏韻,詞自己作,雖合賦體,明而未融。及靈均唱《騷》,始廣聲貌。然則賦也者,受命於詩人,而拓宇於《楚辭》也。於是荀況《禮》《智》,宋玉《風》《釣》,爰錫名號,與詩畫境,六義附庸,蔚成大國。〔註73〕

劉勰在《詮賦》中,認為屈原唱《騷》,「始廣聲貌」,《楚辭》在賦的發展中有著「拓宇」之功,這裡也不能不說是劉勰較為清晰合理的認識。他從淵源流變中,看到騷與賦的關係,但從文體劃分上,十分明晰。

〔註72〕　（南朝梁）劉勰著,范文瀾注:《文心雕龍注》,北京:人民文學出版社,1958 年,第 47 頁。
〔註73〕　（南朝梁）劉勰著,范文瀾注:《文心雕龍注》,北京:人民文學出版社,1958 年,第 134 頁。

三、騷、賦分離的影響

　　從魏晉到南北朝，對於《楚辭》的文體觀存在著辭賦一體到騷賦分離的特點。南北朝時期對於《楚辭》的認識，可謂更加徹底而清晰。對文體歸屬問題的明晰，直接對後人的《楚辭》文體觀產生了影響。

　　自從蕭統《文選》後，許多將《楚辭》作品以「騷」或「楚辭」為名而劃分歸屬。

　　列表如下：

中國古代文體論作中的楚辭體〔註74〕

朝代	典籍名	編著者	類目數量	楚辭屬類	楚辭體名稱
南朝梁	《文選》	蕭統	39	單獨	騷
南朝齊	《文心雕龍》	劉勰	33	文類（韻文）	騷
北宋	《文苑英華》	李昉	38	雜文	騷
北宋	《唐文萃》	姚鉉	23	古今樂章類	楚騷
南宋	《滄浪詩話》	嚴羽	5	語言、韻律類	楚辭
南宋	《宋文鑒》	呂祖謙	58	單獨	騷
元	《元文類》	蘇天爵	43	單獨	騷
明	《文章辨體》	吳訥	58	古賦	楚
明	《文體明辨》	徐師曾	121	單獨	楚辭
明	《明文衡》	程敏政	41	單獨	騷
清	《宋文苑》	莊仲方	55	單獨	騷
清	《古文辭類纂》	姚鼐	13	辭賦類	楚辭*
清	《涵芬樓古今文鈔》	吳曾祺	13	辭賦類	騷

　　＊注：《古文辭類纂》中《九歌》分入哀祭類

〔註74〕本表格所錄歷代文體材料中，對於特定題材的類編集並未採取，如北宋郭茂倩《樂府詩集》、清儲欣《唐宋十大家類選》等。而作為明代王世貞《藝苑卮言》因其採取獨特的分類方法，認為一切文獻都是史，故也在羅列之外。此部分資料基於褚斌杰《中國古代文體概論》所附資料整理而來。

可清晰看到歷代文論家在編選作品、擬作目錄時，將楚辭體作品歸屬於何類，更能直觀地看到楚辭體在歷代編選者眼中當以何種名稱出現。在本表所選的十三種歷代文體編類中，楚辭體被單獨作為一類的共有六種，其他歸於文、辭賦和樂章等。而這十三種編類中，有七種將楚辭體稱呼為「騷」，三種成為「楚辭」，其他稱呼如「楚騷」、「楚」等。

明代徐師曾論述了體制對於創作的重要性：「夫文章之有體裁，猶宮室之有制度，器皿之有法式也。為堂必敞，為室必奧，為臺必四方而高，為樓必陝而修曲，為筥必圓，為筐必方。為簠必外方而內圓，為簋必外圓而內方，夫固各有當也。苟捨制度法式，而率意為之，其不見笑於識者鮮矣，況文章乎！」南北朝時期，「騷」從文體上與「賦」的分離，對當時以及後人讀《楚辭》的角度是有直接影響的。可以說，《昭明文選》和《文心雕龍》在文體歸屬上的開創，對後世編書著目影響深遠，也可以看出，《楚辭》在他們心中具有著重要的地位。

第四節　關於「兮」與「五言之濫觴」及聲律的問題

劉勰《文心雕龍・章句》云：「夫設情有宅，置言有位；宅情曰章，位言曰句。」〔註75〕文辭學術，章句為根基。南北朝時期的文學批評家，對《楚辭》關切點，也體現在這一方面。「夫人之立言，因字而生句，積句而成章，積章而成篇。」〔註76〕一篇文學作品必定要經歷從字到句、從句到章、從章到篇的結構形成過程，雖然側重於講作文之術，而恰是這個角度，可看出這個時期文學家對於《楚辭》用詞、成句以及篇章構成的態度。雖無完整文章集中討論，但是也零星出現於此時的文學批評中，除了劉勰《文心雕龍》，更有鍾嶸、沈約、裴子野等

〔註75〕（南朝梁）劉勰著，范文瀾注：《文心雕龍注》，北京：人民文學出版社，1958 年，第 570 頁。

〔註76〕（南朝梁）劉勰著，范文瀾注：《文心雕龍注》，北京：人民文學出版社，1958 年，第 572 頁。

從《楚辭》的用字、文學形式以及聲律等，皆有論及。

「兮」字是楚辭的主要特色，劉勰在《章句》中對「兮」字有「入於句限」和「出於句外」的認識。在五言詩盛行的魏晉南北朝時期，鍾嶸有楚辭為五言之濫觴的說法頗為矚目，雖然他人提到者不多，但本書探討一二。以及，沈約聲律論提出的文學發展背景下，對《楚辭》韻律的認識也是此時《楚辭》批評的獨特之處。

一、「兮」字「入於句限」和「出於句外」說

「兮」字作為楚辭體的本質特徵，它的應用可以說是楚辭體區別於其他韻文體裁的重要判斷標誌。在詩文中使用「兮」字並非屈原首創，但是大量廣泛地應用，則是前無古人之舉。對於《楚辭》中的「兮」字，《文心雕龍·章句》中說到：

> 又詩人以「兮」字入於句限，《楚辭》用之，字出於句
> 外。尋兮字承句，乃語助餘聲。舜詠《南風》，用之久矣，而
> 魏武弗好，豈不以無益文義耶！〔註77〕

劉勰在此處，考察「兮」字的產生，認為是其為語助詞，自舜作《南風》已開始使用。至於《楚辭》，「兮」「字入於句限」，又「字出於句外」。此處「句限」為句子之內的意思，而「兮」又是出於句外。

漢魏兩晉的擬騷之作洋洋大觀，他們自覺地運用「兮」字來作文達意。而真正論《楚辭》的「兮」字，始於劉勰。這從文學創作角度，對「兮」字的詞性、作用和發展源流進行了簡單的梳理。

（一）「兮」是語助詞，在劉勰看來是閒而有用的

從許慎《說文解字》開始，對「兮」字早有解釋。他說：「兮，語所稽也。從丂八，象氣越虧也。」段玉裁注：「兮、稽疊韻。稽部曰：『留止也，語於此少駐也。』」

而劉勰認為，諸如「兮」這樣的虛字，是閒而有用。

〔註77〕 （南朝梁）劉勰著，范文瀾注：《文心雕龍注》，北京：人民文學出版社，1958年，第570頁。

　　　　至於夫惟蓋故者，之首唱；之而於以者，乃劄句之舊
　　　體；乎哉矣也者，亦送末之常科。據事似閒，在用實切。
　　　巧者回運，彌縫文體，將令數句之外，得一字之助矣。外
　　　字難謬，況章句歟！〔註78〕

　　像兮、夫、惟、蓋、故、之、而、於等等，這些字本身都是「閒」，
但是關係到句子的語氣。有了虛字在文中，句法就會栩栩欲活，而這就
在於作文者怎麼利用。「彌縫文體」也是劉勰對於虛字的作用認識。

　　劉勰的虛字閒而有用的觀點也會對後人的看法產生一些影響，並
推進探索。

　　對於「兮」的用法，劉知幾《史通‧浮詞》：「夫人樞機之發，靈
靈不窮，必有餘音足句，為其始末。是以伊惟夫蓋，發語之端也；焉哉
矣兮，斷句之助也。」

　　「兮」作為一個語助詞，它的用法自屈原開始，就與以前的用法
有了完全的不同。如聞一多《怎樣讀九歌》〔註79〕中認為「兮」字就
音樂或詩的聲律來說，是個「泛聲」，而就文法來說，是個「虛字」，他
認為「兮」字「竟可以說是一切虛字的總替身。」

　　姜亮夫《〈九歌〉「兮」字用法釋例》〔註80〕中提出「兮」為先秦以
來最常見的虛助字，「就其形式論之，古今用『兮』者，多在句末。」「自
其含意論之，凡在句尾之『兮』字，百分之九十九為語助詞，並無實義。」

　　林庚《〈楚辭〉裏「兮」字的性質》〔註81〕認為「兮」字不同《詩
經》裏的用法，已經完全離開了表情作用，而是純粹句讀上的作用，目
的是讓句子在自身的中央得一個較長的休息時間。他認為「兮」的任務

〔註78〕　（南朝梁）劉勰著，范文瀾注：《文心雕龍注》，北京：人民文學出版
　　　　　社，1958 年，第 570 頁。
〔註79〕　聞一多：《怎樣讀九歌》，《聞一多全集》（第一卷），北京：三聯書店，
　　　　　1982 年。
〔註80〕　姜亮夫：《〈九歌〉「兮」字用法釋例》，《楚辭學論文集》，上海：上海
　　　　　古籍出版社，1984 年。
〔註81〕　林庚著：《林庚楚辭研究兩種》，北京：清華大學出版社，2005 年，第
　　　　　107～111 頁。

是構成節奏，本身無意義。

湯炳正《屈賦語言的旋律美》〔註82〕認為，「兮」字與詩歌舞蹈有關，他認為「兮」之所以可以替代「於」「與」等對構成詩句具有語法作用的介詞、連詞等，是因為「為了使詩歌跟舞蹈、音樂的旋律互相諧和，而以適應性極大的泛聲『兮』字取代了音節較強而具特色的……等虛詞。」

褚斌杰《中國古代文體概論》中認為，「兮」字不僅起著表情作用，而且還起著調整節奏的作用。〔註83〕

郭建勳《漢魏六朝騷體文學研究》中認為，「兮」首先是情感的延伸，「當表示實義的語句終止之時，情感仍未得到充分的表達，不可遏止的『氣』順勢而出，作為實義語言符號的一種補充而構成一定長度的語音持續，並因其所附實義語言的不同情感色彩，或迂徐婉轉；或纏綿悱惻；或高亢如疾風飆起；或低回如曲水潺潺。」其次，「兮」作為表音符號，起到了調節韻律、配合曲調的作用。郭先生還認為「兮」字不僅是語言存在，更是文化存在，「反映了荊楚民族的自由浪漫精神和屈原的悲怨憤激情緒」。〔註84〕

綜以上諸家所述，「兮」字的作用可以從兩個大的方面來探索，首先是在文法方面：「兮」作為語助詞，表示語氣的停頓，能劃分詩句節奏，並無實際意義；「兮」具有表情作用，它是一種情感的延續；「兮」具有表音的作用，它的出現與樂曲、舞蹈密不可分；其次是從文化角度來說，「兮」字與眾多其他楚地方言詞彙一樣，屈原創作入詩，是對楚地文化的展示。

（二）劉勰認為「兮」字「入於句限」

此句即是說《楚辭》中「兮」字有大量的使用。屈原作品二十五

〔註82〕 湯炳正：《屈賦語言的旋律美》，《屈賦新探》，濟南：齊魯書社，1984年，第388頁。

〔註83〕 褚斌杰：《中國古代文體概論（增訂本）》，北京：北京大學出版社，1990年，第63頁。

〔註84〕 郭建勳：《漢魏六朝騷體文學研究》，湖南：湖南教育出版社，1997年，第31～37頁。

篇內，「兮」字的出現可謂氣勢磅礴。林庚先生把《楚辭》裏「兮」字的使用與《詩經》裏的進行比較，從字句結構上進行分類對比。〔註85〕但屈原用「兮」，與《詩經》用「兮」字的比重是明顯不同。據周建忠先生統計〔註86〕，《詩經》305篇，共29645字，「兮」字出現321次，這個比重是遠遠比不上《楚辭》的使用比例。

《楚辭》中「兮」字的大量使用，首先，在楚辭體作品的結構上，造成了氣勢磅礴的體式，這使得在抒發情感、敘述事由的時候，所有的程度都更為加深。在論及屈原的創作動機時，方銘師認為發憤以抒情是動機之一。「屈原的發憤抒情，其情帶有許多主體宣洩的特徵，而不必止乎禮義；其目的是離憂、別愁、自傷悼、自慰藉、自證明……」〔註87〕方銘師認為屈原是以「宣洩」的特徵來發憤抒情。而這種宣洩，除了內容、語言的抒發，表現在文本形式上的就是「兮」字的大量運用。

（三）「兮」字「出於句外」

對於「出於句外」，周振甫的《文心雕龍注釋》中認為：「《楚辭・九歌・東皇太一》：『吉口兮辰良。』《離騷》：『惟草木之零落兮，恐美人之遲暮。』《楚辭》用『兮』，亦有在句內與句外的。」〔註88〕由於《楚辭》句法結構不同，「兮」在不同的楚辭作品中，所處的位置也不同。

「兮」字的不同位置，是分辨《楚辭》中不同句式的依據。不同句式所帶來的形式上的變體，也是後來五言、七言是否源於楚辭諸說的一方面依據。劉勰看到「兮」字所在位置的變化，也是對後人的啟發。

他看到魏武帝曹操不用「兮」，發出了「豈不以無益文義耶」的猜測。虛字本就不傳達實質意義，因為無益於表達「義」而不被使用，這

〔註85〕　林庚著：《林庚楚辭研究兩種》，北京：清華大學出版社，2005年，第107～111頁。

〔註86〕　周建忠：《〈楚辭〉「兮」字的意義與作用》，《文史雜誌》，2002年第3期。

〔註87〕　方銘：《戰國文學史論》，北京：商務印書館，2008年，第427頁。

〔註88〕　（南朝）劉勰著，周振甫注：《文心雕龍》，北京：人民文學出版社，2002年，第379頁。

與建安文人質樸剛健的抒情風格是相符合的。

強烈的抒情色彩是《楚辭》的極重要特色，而這一特色在後世的擬騷之作中逐漸淡化。這裡劉勰分析對「義」的追求和對「兮」字的使用是不相容的。

二、《楚辭》為「五言之濫觴」說

五言詩成立於漢代，興盛起於魏晉。歷代把蘇武、李陵的詩作為五言的正式起源，雖然此種說法還存爭議，然至少漢末五言詩已經出現為學界所共識。至於其演變之源頭，《楚辭》為「五言之濫觴」的說法在南北朝時期以鍾嶸為代表而出現。

鍾嶸《詩品序》云：

> 夏歌曰：「鬱陶乎予心」，楚謠曰：「名余曰正則」，雖詩體未全，然是五言之濫觴也。逮漢李陵，始著五言之目矣。
>
> ……
>
> 先是郭景純用俊上之才，創變其體。劉越石仗清剛之氣，贊成厥美。然彼眾我寡，未能動俗。逮義熙中，謝益壽斐然繼作，元嘉中，有謝靈運，才高詞盛，富豔難蹤，固已含跨劉、郭，凌轢潘、左。故知陳思為建安之傑，公幹、仲宣為輔。陸機為太康之英，安仁、景陽為輔。謝客為元嘉之雄，顏延年為輔；斯皆五言之冠冕，文辭之命世也。〔註89〕

鍾嶸把夏歌和《離騷》作為五言詩的起源，到了蘇李，五言開始立目。然後對五言詩的流變進行了梳理，郭璞的五言詩成就巨大，之後劉琨風格「清剛」，謝混、謝靈運等等都為五言傑出詩人。

但是鍾嶸在列舉詩句時，引「名余曰正則兮」為「名余曰正則」，刪去了「兮」字，以此為五言之源。而其《詩品》也又說：「二漢為五言者，不過數家，而婦人居二。徐淑敘別之作，亞於團扇矣。」徐淑女

〔註89〕 （清）嚴可均輯：《全上古三代秦漢三國六朝文》，北京：中華書局，1958 年，第 3275～3276 頁。

的敘別之作，當她的《答秦嘉》：

> 妾身兮不令，嬰疾兮來歸。沉滯兮家門，歷時兮不差。
> 曠廢兮侍覲，情敬兮有違。

這首詩裏，都是帶「兮」字的五言句。鍾嶸認為這也是五言詩。也就是鍾嶸所指的五言詩，大概是以字數來計算，「兮」字是否存在，是可以變化的。

鍾嶸以《楚辭》為五言濫觴的說法無疑也是很有影響力的。文學的流變和劃分，是觀察文學發展的一條重要脈絡，《詩》《騷》作為兩大源頭，無論如何不能忽略。後世沿用《楚辭》為五言來源之說不絕如縷。

南宋嚴羽《滄浪詩話・詩體》云：

> 風、雅、頌既亡，一變而為《離騷》，再變而為西漢五
> 言，三變而為歌行雜體，四變而為沈宋律詩。

明代胡應麟《詩藪》云：

> 四言變而《離騷》，《離騷》變而五言，五言變而七言，
> 七言變而律詩，律詩變而絕句，詩之體以代變也。《三百篇》
> 降而騷，騷降而漢，漢降而魏，魏降而六朝，六朝降而三唐，
> 詩之格以代降也。

將《離騷》置於詩體流變中的一個重要環節，認為其直接孵化五言，是承接「四言」至「五言」的必經過程，這種說法在後代探索五言詩形成之中，也是一派說法。

但是，五言是否真正源自《楚辭》，後世學者是分歧很大的。五言來源，有主張秦漢五言歌謠說，也有樂府說，這兩種來源學說，在當代的學術界討論較為充分。對繼承自楚辭體之說，也有從內容到形式上探討的。

吳小平的《中古五言詩研究》中，認為班固有五言詩創作的自覺意識，他還將一些騷體改成了五言。〔註 90〕以此可見，漢代文人是看

〔註90〕吳小平：《中古五言詩研究》，南京：江蘇古籍出版社，1998 年，第 130
～134 頁。

到了楚辭體在節奏形式和五言結構的相關性，並從楚辭體上面吸收營養，來豐富五言的。葛曉音《先秦漢魏六朝詩歌體式研究》中，認為「五言句節奏的成立是漸進的，四言和楚辭體的主導節奏的進化趨向顯然是排斥散文五言句，卻在無意中為五言節奏的萌生提供了前提條件。」〔註91〕本書比較認可葛先生的觀點，楚辭體並不能為五言提供直接的土壤，但是卻給五言的萌生提供了營養。

鍾嶸認為《楚辭》為五言之濫觴，其實誇大了《楚辭》的作用，並帶有一定的片面性。但是他看到了楚辭體句式在節奏和結構上對五言的啟發，並從這個角度，對文學流變進行批評，是其認識的獨到之處。

三、《楚辭》聲律說

齊梁時期，聲律論伴隨著駢文和五言詩的發展而來。文章是在言語的長短、聲音的高下中體現韻致，達到一定的聲律之妙。對聲律的關注程度伴隨著佛教的遷徙而入以及對佛經的誦讀而提高，文學批評家以此為關照點，對傳誦不絕的《楚辭》多有點評。

沈約《答陸厥書》中曰：

> 宮商之聲有五，文字之別累萬。以累萬之繁，配五聲之約，高下低昂，非思力所學，又非止若斯而已。十字之文，顛倒相配；字不過十，巧歷已不能盡；何況復過於此者乎！靈均以來，未經用之於懷抱，固無從得其彷彿矣。若斯之妙，而聖人不尚，何邪？此蓋曲折聲韻之巧，無當於訓義，非聖哲立言之所急也。〔註92〕

沈約關注聲律，他認為，屈原是區分文人用心於聲律的分界點，屈原以後的文人不再講究文辭的音韻技巧，音韻的運用是件十分複雜

〔註91〕 葛曉音：《先秦漢魏六朝詩歌體式研究》，北京：北京大學出版社，2012年，第283頁。

〔註92〕 （清）嚴可均輯：《全上古三代秦漢三國六朝文》，北京：中華書局，1958年，第3116頁。

的事情，所以「自騷人之後，此秘未睹」。沈約並未詳細討論《楚辭》中的用韻情況，但可窺見，《楚辭》所遵循的原則，應該是符合他所說的文字以宮商五聲為約，有高下低昂之聲律美。

　　沈約聲律理論的豐富，是南北朝文人對文學的音韻節奏做了更為細緻入微地考察與要求，使得五言詩向律詩開始過渡，並開啟了新的詩學篇章，也讓中國古典的詩歌樣式更加完美。這種取法先人、綿延後世的理論是通過對古人詩歌的批評中而獲得靈感，我們有理由相信，沈約這樣的文學批評，是敏銳地看到了文學語言與聖哲語言的區別，即詩歌語言與經學語言的本質不同，以「聲韻」和「訓義」的背離為根本區分點。

　　劉勰《文心雕龍‧聲律》有云：

　　　　又詩人綜韻，率多清切，《楚辭》辭楚，故訛韻實繁。及張華論韻，謂士衡多楚，《文賦》亦稱知楚不易，可謂銜靈均之餘聲，失黃鐘之正響也。〔註93〕

　　劉勰從《楚辭》用韻的角度，認為「訛韻實繁」。所謂「訛韻」，指楚音中特有的換韻、韻部合用以及聲調通押等。陸機詩作好用楚之訛韻，而即使是他這樣的人，《文賦》中也稱知楚不易。

　　陸機在其《文賦》中，早就提出了「既音聲之迭代，若五色之相宣。」他作為較早關注到聲韻的文學家，對於《楚辭》的瞭解可謂清晰。范文瀾先生在此處考證說，陸雲、陸機所處的時代，並無統一的韻書，所以想知道正韻十分不容易。〔註94〕楚音繁雜，《楚辭》並無嚴謹的用韻意識，換韻也較為隨意，並無規律可循。韻書的出現，才是聲律規範化的標誌，這些在上古詩歌中是不可能出現的，而值得注意的是，陸機在擬騷作詩時，也多有訛韻，這足以見楚辭體之影響。

〔註93〕（南朝梁）劉勰著，范文瀾注：《文心雕龍注》，北京：人民文學出版社，1958 年版，第 553 頁。

〔註94〕（南朝梁）劉勰著，范文瀾注：《文心雕龍注》，北京：人民文學出版社，1958 年版，第 561 頁。

第四章　魏晉南北朝楚辭體詩與楚辭

　　本章為對魏晉南北朝楚辭體詩的研究。在緒論部分，本書對楚辭體進行定義。基於前人的研究，本書提出楚辭體文學當以「兮」字的出現為標誌，並以擁有「三 X 二兮，三 X 二」、「三兮三」「二兮二」「三兮二」的排列組合兩個句式為基本特徵。在這個框架下，以便更好地定義楚辭體文學的歸屬範疇，並且能較好地分辨楚辭體詩和楚辭體賦。在對魏晉南北朝楚辭體詩的形式考察之後，可以看到魏晉南北朝的楚辭體詩主要以《九歌》體式為源頭的「三兮三」「二兮二」「三兮二」的排列組合句型為主，同時出現了與五言、七言以及其他雜言的混合使用。這些詩的篇章短小，句式短促，是楚辭體詩的典型體現。而在許多賦中出現的「亂辭」，也具有楚辭體詩的特色。

　　在五言詩為主導的魏晉南北朝時期，楚辭體詩創作並不繁盛，數量較少。但是還是出現了以曹植、嵇康、傅玄、夏侯湛以及江淹為代表的楚辭體文學創作者。他們因著時代環境的不同以及個人命運的差異，以楚辭體詩表達出不同的內涵，擁有各自不同的藝術風格。

第一節　魏晉南北朝楚辭體詩的形式考察

　　誠如業師方銘先生所言：「楚辭」代表了「詩」的一個流派，或者

說「楚辭」是一種具有地方特色的「詩」。黃鳳顯先生說屈辭的語言是「戰國時代一種嶄新的詩歌語言」〔註1〕。楚辭的詩歌特色無須多做討論，這種繼承了楚地民歌、《詩經》的文學形式與詩形成了天然聯繫。但是在後世對屈辭的模擬中，逐漸形成了兩種形式的分化。

　　一種是使用「三 X 二兮，三 X 二」句式為主，一種是使用「二兮二」「三兮二」「三兮三」句式為主。而對於「二兮二」「三兮二」「三兮三」句式的排列組合，從漢代詩歌中就已經開始使用了。

一、漢代楚辭體詩句式的形式

　　在《楚辭章句》收錄的作品中，以《九歌》為代表大量使用；《招隱士》中也出現了「二兮三」「三兮二」「三兮三」，甚至「四兮三」的句式；王褒《九懷》中以「二兮二」「三兮二」句式為主；王逸《九思》中以「二兮二」「三兮三」「三兮二」為主。從《九歌》到後幾篇的擬作，都嚴格地遵循了這種句式。

　　而在漢代帶「兮」字的文學作品中，如劉邦《大風歌》中「三兮三」句式，劉徹《秋風辭》「秋風起兮白雲飛，草木黃落兮雁南歸。蘭有秀兮菊有芳，懷佳人兮不能忘。……」《天馬歌》「太一貢兮天馬下，霑赤汗兮沫流赭。騁容與兮跇萬里，今安匹兮龍為友」「三兮三」為主導句式等等。後來，諸如李陵《別歌》、梁鴻《適吳詩》、班固《寶鼎詩》《白雉詩》《論功歌詩》、崔駰《安封侯詩》等等楚辭體詩。李慧芳《漢代騷體詩賦研究》中，統計漢代騷體詩 41 篇〔註2〕，其中大部分句式都採用了這種主導句型。

　　由此可見，漢代文人在採用「兮」字創作詩歌體作品的時候，自覺地採用了這樣一種發源於楚地民歌、并經屈原加工創作的《九歌》體形式。

　　探其原因，楚地的民歌為漢代文人多吸收，加上屈原創作的《九歌》

〔註1〕 黃鳳顯：《屈辭體研究》，長沙：湖南人民出版社，1997 年，第 48 頁。
〔註2〕 李慧雙：《漢代騷體詩賦研究》，杭州：浙江大學出版社，第 170～175 頁。

作品，這種明確了以「歌」的名稱存在的形式，是後人在創作詩歌時候的首要選擇，而對於「三Ｘ二兮，三Ｘ二」這樣的句式，由於其長度的限制，無法滿足文人短促歌詠的表達。所以，在詩歌的創作中，「二兮二」「三兮二」「三兮三」這樣句式成為了楚辭體詩歌創作的主導句式。

　　這種形式與詩歌的發展是一脈相承的。詩歌是產生最早的文學體裁，它起源於音樂，內容來源於語言的發展。以四言體為主要體式的《詩經》是中國最早的詩歌總集。逮至漢代，樂府體詩成為詩體的一種。漢代人將樂府這個機構採集而來並編錄和演奏的詩篇稱為「歌詩」。如《漢書·藝文志》著錄漢代采詩目錄時稱「吳、楚、汝南歌詩十五篇」、「燕代謳，雁門、雲中、隴西歌詩九篇」、「邯鄲、河間歌詩四篇」等等。至於魏晉時代，樂府仍存在，但是「未見記載有採集民間詩歌的事」〔註3〕，但漢代的樂府仍舊在演唱。再到南北朝時期，民歌的搜集工作又開展開來，「僅南朝樂府詩流傳下來的就有四百八十餘篇」〔註4〕。由於樂府體詩採自於民間，其中以「行」「吟」「歌」「辭」「引」等為名。而從漢代開始，文人就有對樂府體詩的模擬之作，到了建安時代，這種風氣大開，後世也擬作不斷。後世文人對於樂府體詩的擬作，或「嚴格地與舊曲曲名和本事相符合」，或「用舊曲曲名，但並不侷限於詠原詞、本事，只是在內容和主題思想上，仍與舊曲相符合或有聯繫」，或「襲用舊曲曲名，但只是因題成詠，與舊曲的思想內容已完全失去關係」，或者就「以新題寫時事，不再沿襲古題」。〔註5〕

　　而「古體詩」是不包括古歌謠諺、楚辭、樂府詩等，它作為一種詩體，主要是五言體和七言體為主，對於格律沒有嚴格限制。褚斌杰先生認為「古體詩」的體制特點為：一，每首的句數是沒有限定的；二，

〔註3〕褚斌杰：《中國古代文體概論》（增訂本），北京：北京大學出版社，1990年，第96頁。

〔註4〕褚斌杰：《中國古代文體概論》（增訂本），北京：北京大學出版社，1990年，第97頁。

〔註5〕褚斌杰：《中國古代文體概論》（增訂本），北京：北京大學出版社，1990年，第112～119頁。

一般不對仗；三，不講求平仄；四，押韻可壓平聲韻，也可以是仄聲韻，可以一韻到底，也可以換韻。〔註6〕關於這一類「古體詩」〔註7〕在魏晉南北朝時期呈現興盛態勢，五言與七言已經「據文詞之要」（鍾嶸《詩品序》）了。

漢代的楚辭體詩的楚歌特性還很明顯，但到了魏晉時期，既有楚歌特色，也有五、七言及雜言的引入，文人在創作詩歌的時候，並無嚴格的詩體觀去創作，而是各種詩體的雜糅與交錯，構成了此時豐富斑斕的詩歌世界。而其中以「兮」字的存在而擁有共同特點的楚辭體詩，更呈現了各類詩體的相互影響而成的狀態。

二、魏晉南北朝楚辭體詩的主導句式

到了魏晉南北朝時期，楚辭體詩沿著漢代文人的模擬方式，在詩歌創作中，也同樣以「二兮二」「三兮二」「三兮三」這樣句式為主導形式。

據逯欽立《先秦漢魏晉南北朝詩》中收錄，帶有「兮」字的楚辭體詩共有 62 篇〔註8〕，這些詩歌大部分以「詩」「歌」「引」「行」等為題，顯示其詩歌特色，在句式上則以楚辭體詩句式為主。

魏晉南北朝時期的楚辭體詩，大多通篇使用楚辭體詩句式，形成句式工整、篇章結構完整的楚辭體詩。

如通篇使用「三兮三，三兮三」的詩體句式的有：蔡琰《悲憤詩》、應瑒《七言詩》、曹植《歌》《離友詩》、嵇康《思親詩》《琴歌》、傅玄《車遙遙篇》、張翰《思吳江歌》，南北朝時期的王韶之《詠雪離合》、徐爰《華林北澗詩》、袁淑《詠寒雪詩》，江淹《謠》《詩》、柳惲《芳林篇》《車遙遙篇》、蕭統《示雲麾弟》、蕭綱《應令詩》等。

〔註6〕 褚斌杰：《中國古代文體概論》（增訂本），北京：北京大學出版社，1990年，第 121～122 頁。

〔註7〕 褚斌杰先生認為古體詩有廣義和狹義之分，廣義的包括四言詩、樂府詩、楚辭、五古、七古、雜言古等，狹義是僅指五言古詩和七言古詩而言。這裡所引的「古體詩」為褚先生所言狹義者。

〔註8〕 作者與篇目名見本書附錄三。

在這些通篇為「三兮三，三兮三」結構的詩作，結構完整，還會有意識地用韻。

漢末魏時蔡琰《悲憤詩》全詩共用兩種韻：

> 嗟薄祐兮遭世患，宗族殄兮門戶單。……兒呼母兮號失聲，我掩耳兮不忍聽。追持我兮走煢煢，頓復起兮毀顏形。
>
> 還顧之兮破人情，心恒絕兮死復生。〔註9〕

如嵇康《琴歌》，通篇押韻：

> 凌扶搖兮憩瀛洲。要列子兮為好仇。
>
> 餐沆瀣兮帶朝霞。眇翩翩兮薄天遊。
>
> 齊萬物兮超自得。委性命兮任去留。〔註10〕

東晉時期廬山夫人女婉《撫琴歌》：「登廬山兮鬱嵯峨。晞陽風兮拂紫霞。招若人兮濯靈波。欣良運兮暢雲柯。彈鳴琴兮樂莫過。雲龍會兮登太和。」〔註11〕張翰《思吳江歌》：「秋風起兮佳景時，吳江水兮鱸魚肥。三千里兮安未歸，恨難得兮仰天悲。」〔註12〕

南北朝土韶之《詠雪離合》：「霰先集兮雪霏霏，散輝素兮被詹庭。麴室寒兮朔風厲，川陸涸兮百籟鳴。」徐爰《華林北澗詩》：「迴溪潗兮曲沼阻，衝波激兮瀨淺淺。貫九穀兮積靈芝，飛清濤兮潔澄連。」〔註13〕江淹《詩》：「見上客兮心歷亂，送短詩兮壞長歎。中人望兮蠶既饑，爨蝶暮兮思夜半。」〔註14〕蕭統《示雲麾弟》：「白雲飛

〔註 9〕　逯欽立輯校：《先秦漢魏晉南北朝詩》，北京：中華書局，1983 年，第 200～201 頁。

〔註10〕　（清）嚴可均輯：《全上古三代秦漢三國六朝文》，北京：中華書局，1958 年，第 1320 頁。

〔註11〕　逯欽立輯校：《先秦漢魏晉南北朝詩》，北京：中華書局，1983 年，第 1126 頁。

〔註12〕　逯欽立輯校：《先秦漢魏晉南北朝詩》，北京：中華書局，1983 年，第 738 頁。

〔註13〕　逯欽立輯校：《先秦漢魏晉南北朝詩》，北京：中華書局，1983 年，第 1322 頁。

〔註14〕　逯欽立輯校：《先秦漢魏晉南北朝詩》，北京：中華書局，1983 年，第 1587 頁。

兮江上阻。北流分兮山風舉。山萬仞兮多高峰。流九派兮饒江渚。山岩嶢兮乃逼天。雲微濛兮後興雨。實覽歷兮此名地。故遨遊兮茲勝所。爾登陟兮一長望。理化顧兮忽憶予。想玉顏兮有目中。徒踟躕兮增延佇。」〔註15〕

這些詩的結構嚴謹，同時注意用韻，呈現出楚辭體詩特色。

另有「二兮二」「三兮二」等混用的有：魏晉時期無名氏《武陵人歌》通篇使用「二兮二，二兮二」句式；曹植《遙逝》「三兮二，三兮二」，傅玄《歌》、王異《征邁辭》、湛方生《歸懷謠》使用「三兮三」「二兮二」與「三兮二」的組合。

何瑾《悲秋夜》以「三兮二」為主：

欣莫欣兮春日。悲莫悲兮秋夜。伊秋夜之可悲。增沉懷於遠情。歎授衣之幽詩。感蕭於宋生。天寥廓兮高褰。氣淒蕭兮屬清。燕沂陰兮歸飛。雁懷傷兮寒鳴。霜盈條兮璀璀。露沾葉兮泠泠。〔註16〕

除了運用典型的楚辭體詩句式的作品，也有對這種句式進行改造的，將「兮」字左右的字數增加。

如夏侯湛《江上泛歌》，除了使用「三兮三」「二兮二」句式，其中「望江之南兮邀目桂林，桂林翁鬱兮鷓雞揚音。凌波兮願濟，舟楫不具兮江水深沉」句，「兮」字左右分別為四個字，全句多達九字。

另有傅玄《昔思君》

昔君與我兮形影潛結。今君與我兮雲飛雨絕。

昔君與我兮音響相和。今君與我兮落葉去柯。

昔君與我兮金石無虧。今君與我兮星滅光離。〔註17〕

〔註15〕 逯欽立輯校：《先秦漢魏晉南北朝詩》，北京：中華書局，1983年，第1801～1802頁。

〔註16〕 （清）嚴可均輯：《全上古三代秦漢三國六朝文》，北京：中華書局，1958年，第2267頁。

〔註17〕 逯欽立輯校：《先秦漢魏晉南北朝詩》，北京：中華書局，1983年，第565頁。

　　此詩也是「兮」字左右各四字，可以說是在「三兮三」之前加入了擴充字的結果。這樣的句式在楚辭體中並不常見，即使《離騷》中有多達九字的詩句，但是句式結構是帶有虛字作為停頓的，這裡是對楚辭體句式的又一發展。

　　這些通篇用「兮」字的詩歌作品，構成了魏晉南北朝楚辭體詩的主要形式。

　　這些詩歌借鑒了楚辭體的句式，更重視了韻的使用，出現了一句一韻，兩句一韻，全篇用一種、兩種到多種韻的情況。這與魏晉南北朝時代詩歌的發展分不開。這時候的楚辭體詩，即使形式上是完全是模擬楚辭體的，而從用韻的情況上，已經加入了更多的詩歌創作意識。

　　當然，魏晉南北朝的詩歌創作形式是多種多樣的，五言的繁盛，七言的興起，都會讓楚辭體詩的創作受到影響，從句式到篇章結構上，都呈現了騷散結合的形式。楚辭體詩句式還會與三、四、五、七言雜用，形成較多形式的詩作。這些詩樣式長短不一，結構自由變化。

　　如傅玄《歷九秋篇》即是楚辭體句與六言的雜用。

　　　　歷九秋兮三春。遣貴客兮遠賓。顧多君心所親。乃命妙
　　伎才人。炳若日月星辰。序金罍兮玉觴。賓主遞起雁行。杯
　　若飛電絕光。交觴接卮結裳。慷慨歡笑萬方。……〔註18〕

　　董京《答孫楚詩》中有四言、五言、六言和較長的句式組成。陶淵明《歸去來兮辭》存在著楚辭體句，以及三言，四言、七言的雜用。

　　同時，還值得注意的是，楚辭體的另一種句式「三 X 二兮，三 X 二」句式中，去「兮」的「三 X 二」句式也與楚辭體詩句式混合使用。「兮」字本來就屬於虛字「X」的範疇，有「兮」的句子和替換成了虛字的句子可以說在性質上是一樣的，在結構上也能形成對稱性。

　　江淹有《構象臺》《訪道經》《鏡論語》《樂曲池》《愛遠山》等，這組詩裏就大量運用了楚辭體詩句式與「三 X 二」句型。如《構象臺》：

〔註18〕　逯欽立輯校：《先秦漢魏晉南北朝詩》，北京：中華書局，1983 年，第
　　　　561～562 頁。

曰上妙兮道之精，道之精兮俗為名。……相思兮豫章，
載雪兮抱霜。栽異木而同秀，鍾雜草而一香。苔蘚生兮繞
石戶，蓮花舒兮繡池梁。伊日月之寂寂，無人音與馬跡。
耽禪情於雲運，守息心於端石。永結意於鷲山，長憔悴而
不惜。〔註19〕

這幾首詩中，大部分都如上文所錄，「栽異木而同秀，鍾雜草而一
香」這樣的「三 X 二」句式與「三兮三」形成形式上的對稱。

這樣的句式用於詩中，可以看到「兮」字的漸漸消逝與「兮」字
被其他虛字逐漸代替有關。

總體來考察，魏晉南北朝楚辭體詩還是以楚辭體句式為主，但同
時也出現了與三、四、六言的雜用的現象。在五言與七言都發展和崛起
的時代，也需要繼續探索楚辭體詩與五七言的關係。

三、魏晉南北朝楚辭體詩句式與五、七言

（一）楚辭體詩與五言詩句

五言是由五字組成，據褚斌杰《中國古代文體概論》中總結，五
言是「既能方便地容納雙音詞，也可以容納單音詞，以至三音詞，它的
二、三結構，即三字尾，在一句詩的拍節上，起到了有偶、有奇，奇偶
相配。」〔註20〕五言是由二、三音詞組成，一般是三字尾。

五言詩發展到魏晉南北朝時代，已經頗為成熟和流行。而五言詩
句與楚辭體句的雜用，雖然目前搜集到的作品不多，但也是存在的。對
於五言詩，很多人認為它的產生也受到了《楚辭》的影響。如鍾嶸《詩
品序》中說：「夏歌曰：「鬱陶乎予心」，楚謠曰：「名余曰正則」，雖詩
體維權，然是五言之濫觴也。」楚辭體的五字句式為「二兮二」或者說

〔註19〕 （清）嚴可均輯：《全上古三代秦漢三國六朝文》，北京：中華書局，
　　　　 1958 年，第 3150 頁。
〔註20〕 褚斌杰：《中國古代文體概論》（增訂本），北京：北京大學出版社，1990
　　　　 年，第 132 頁。

是「二 X 二」句式，中間的虛字是較為明顯的特徵。對於「三兮二」句式中省略「兮」字而成五言，這種可能性也是有的。

褚斌杰先生在《中國古代文體概論》中論述了五言的產生，他認為五言產生於漢代的樂府民歌，而「《詩經》以後的楚辭體，也曾為五言詩、以至七言詩起過這種過渡作用」〔註 21〕。從後代文人對楚辭體句式結構的使用上來說，他們更傾向於以虛字存在的結構而組成五字句和七字句，即典型的「兮」字句在此時，是以虛字句的形式大量存在的。五言詩與這種楚辭體句式存在著結構性的不同，因此本書遵從褚先生的結論，認為五言詩更多的是來自於民間歌謠，那些樂府詩中五言的詩句被漢代以及魏晉文人模仿創作，成了後來五言詩。而楚辭體是從《詩經》四字，發展到五字以至五言體，具有過渡作用。

魏晉南北朝楚辭體詩中，也有楚辭體句與五言詩句的雜用，如傅玄《西長安行》：

> 所思兮何在，乃在西長安。何用存問妾，香橙雙珠環。
>
> 何用重存問，羽爵翠琅玕。今我兮聞君，更有兮異心。香亦
>
> 不可燒，環亦不可沈。香燒日有歇，環沈日自深。〔註 22〕

傅玄的這首《西長安行》是模擬漢樂府《有所思》而作的，但這並不是一首嚴格的五言詩，而是楚辭體句與五言句雜用。

鮑照《與謝尚書莊三連句》：

> 霞輝兮澗朗，日靜兮川澄。風輕桃欲開，露重蘭未勝。
>
> 水光溢兮松霧動。山煙疊兮石露凝。掩映晨物綵，連綿夕羽
>
> 興。〔註 23〕

我們可以看到，除了典型的楚辭體詩句，其他的五言句式並不存在

〔註 21〕　褚斌杰：《中國古代文體概論》（增訂本），北京：北京大學出版社，1990年，第 128 頁。

〔註 22〕　逯欽立輯校：《先秦漢魏晉南北朝詩》，北京：中華書局，1983 年，第564 頁。

〔註 23〕　逯欽立輯校：《先秦漢魏晉南北朝詩》，北京：中華書局，1983 年，第1312 頁。

以虛字連接詩句的現象。將楚辭體詩句與五言句雜糅，更多的是因為「兮」字句有著調整結構的作用。傅玄詩以「兮」字句的出現，對詩篇表達內容進行轉折和分離，可見「兮」字句具有了更多的篇章功能。鮑照詩中「兮」字句與五言句的交替使用，使詩篇節奏跳躍，抒情有重有輕。

（二）楚辭體詩與七言詩句

　　七言詩的發展在漢代是剛剛起步的，歷經魏晉到南北朝，才漸漸有了發展。對於七言詩的起源，有很多種說法。李立信《七言詩之起源與發展》〔註24〕中輯錄了七十家觀點。據趙敏俐先生在《論七言詩的起源及其在漢代的發展》中引用秦立碩士論文中的總結，共有 16 種來源的說法，趙先生認為七言詩來自於楚辭說和民間歌謠說最有影響〔註25〕。

　　對於七言的來源中，最有爭議的是七言來源於楚辭說。

　　《世說新語·排調》裏最早討論過七言詩：「王子猷詣謝公，謝曰：『云何七言詩？』子猷承問，答曰：『昂昂若千里之駒，泛泛若水中之鳧。』」這兩句將《卜居》中「寧昂昂若千里之駒乎？將泛泛若水中之鳧乎？」中的虛字去掉，就變成了七言的句式。《文心雕龍·章句》也云：「六言七言，雜出《詩》《騷》。」明代胡應麟《詩藪》、顧炎武《日知錄》中就早有論及，清代趙翼《陔餘叢考》、錢大昕《十駕齋養新錄》中把七言詩追溯到《詩》《騷》，近代梁啟超《中國之美文及其歷史》和陳鏡凡《漢魏六朝文學》中認為七言詩主要蛻變自楚歌和楚辭。又有羅根澤《七言詩起源及其成熟》〔註26〕總結兩種方式指出楚辭體蛻化成

〔註24〕 李立信：《七言詩之起源與發展》，臺北：新文豐出版公司，2001 年，第 5～29 頁。
〔註25〕 趙敏俐：《論七言詩的起源及其在漢代的發展》，《文史哲》，2010 年第 3 期。
〔註26〕 羅根澤：《羅根澤古典文學論文集》，上海：上海古籍出版社，1985 年，第 178～179 頁。

七言。蕭滌非《漢魏六朝樂府文學史》〔註 27〕中認為楚辭變為七言的
途徑是通過「兮」字的省略或轉換而實現。

　　當然也有對七言來於楚辭持反對意見的，如余冠英《漢魏六朝詩
論叢》中認為：「七言詩體的來源是民間歌謠，七言是從歌謠直接或間
接升到文人筆下而成為詩體的，所以七言詩體制上的一切特點都可以
在七言歌謠裏找到根源。」〔註 28〕褚斌杰先生也認為七言詩主要是來
自於樂府民歌，漢代和魏晉南北朝文人通過對民間歌謠的仿作，而使
得七言走向成熟。對於七言詩源自於楚辭說，褚先生認為這種說法「實
際上這抹殺了自西漢以至更早些的戰國末年以來，七言的民歌俗曲已
經產生和流行的事實。首先是七言歌謠的流傳，給文人以啟發和影響，
才使也熟悉楚辭體的某些文人作家，把楚辭體逐漸往大致整齊的七言
形式上發展，因此，文壇上早起出現的某些文人七言體，往往也帶有楚
辭體句法的痕跡，這是可以理解的。」〔註 29〕趙敏俐先生對這些觀點
表示贊同，並從七言詩的結構與楚辭體的結構方面來論證了，他們並
無直接繼承關係。

　　趙敏俐先生否認了郭建勳先生關於「楚騷句式與七言句式在形式
上的同構性提供了這種孕育七言詩句的基因；楚騷中的『兮』字或為表
音無義的泛聲，或既表音而同時兼有某種語法功能，這種特性造成漢代
以來文人有意無意的刪省或實義化，從而使七言詩在漢魏南朝文人的探
索與實踐中得以衍生並逐漸成熟起來」〔註 30〕的立論。趙先生認為從節
奏和句式結構上來說，「楚辭體是二分節奏的詩歌，七言詩是三分節奏
的詩歌，從句式結構上講，楚辭體的主要句式結構是『○○○兮○○』，

〔註 27〕 蕭滌非：《漢魏六朝樂府文學史》，北京：人民文學出版社，1984 年，
　　　　 第 40 頁。
〔註 28〕 余冠英：《漢魏六朝詩論叢》，北京：商務印書館，2010 年，第 117～
　　　　 118 頁。
〔註 29〕 褚斌杰：《中國古代文體概論》（增訂本），北京：北京大學出版社，1990
　　　　 年，第 137 頁。
〔註 30〕 郭建勳：《先唐辭賦研究》，北京：人民出版社，2004 年，第 152 頁。

『○○○▲○○』，而七言詩的典型句式結構則為『○○／○○／○○』」〔註31〕趙先生從句式結構上論述了楚辭體句式與七言體句式存在著本質的不同，楚辭體句式是由於虛字的存在，將詩句分成了兩個「音步」，即為兩個韻律詞的組合，與七言的三個韻律詞的組合不同。

楚辭體句式與七言體句式存在著本質的不同，本書贊同趙敏俐先生的觀點，並沿著這一思路從句式結構上看楚辭體句與七言詩句式的關係。本書首先認為承認文人在汲取民間歌謠的營養，從中模擬仿傚七言體並創作七言詩句是七言詩句產生的一個基本重要的根基。其次，在對於是否對楚辭體有繼承，可以從漢代文人有意識地創作七言詩來說起。

褚斌杰先生認為，文人仿作的第一首完整的七言作品為東漢張衡的《四愁詩》。其詩一為：「我所思兮在太山。欲往從之梁父艱，側身東望涕沾翰美人贈我金錯刀，何以報之英瓊瑤。路遠莫致倚逍遙，何為懷憂心煩勞。」另外張衡的《思玄賦》的係詩也是完整的七言詩。

而把曹丕的《燕歌行》作為現存第一首完整七言詩，是學界的另一種看法，有游國恩、蕭滌非等主編的《中國文學史》認為張衡詩中有楚辭體句，所以不算完整的七言詩，王力先生等也這樣認為。〔註32〕本書遵褚先生之說。那麼到了張衡出現了後世認為的較為完整的七言詩，那我們回溯一下在張衡以前，七言詩句是以何種形態出現。本書以逯欽立《先秦漢魏晉南北朝詩》為底本，主要考察對象為張衡之前七言詩句的出現情況。由於張衡是第一位創作七言詩的文人，那麼在其之前的七言詩只能從民歌、樂府詩歌裏去找尋。

先秦詩歌中帶有七言句式的有：

《檀弓・禮記》中記載的《成人歌》〔註33〕

〔註31〕 趙敏俐：《論七言詩的起源及其在漢代的發展》，《文史哲》，2010 年第3 期。

〔註32〕 王力：《古代漢語》，北京：中華書局，2005 年。

〔註33〕 逯欽立輯校：《先秦漢魏晉南北朝詩》，北京：中華書局，1983 年，第9 頁。

蠶則績而蟹有匡。

範則冠而蟬有綏。

兄則死而子臯為之衰。

《吳越春秋》中所記載《窮劫曲》〔註34〕

王耶王耶何乖劣。不顧宗廟聽讒孽。

任用無忌多所殺。誅夷白氏族幾滅。

二子東奔適吳越。吳王哀痛助忉怛。

垂涕舉兵將西伐。伍胥白喜孫武決。

三戰破郢王奔發。留兵縱騎虜京闕。

楚荊骸骨遭掘發。鞭辱腐屍恥難雪。

幾危宗廟社稷滅。莊王何罪國幾絕。

卿士悽愴民惻悷。吳軍雖去怖不歇。

願王更隱撫忠節。勿為讒口能謗褻。

《吳越春秋》所載《河梁歌》〔註35〕

度河梁兮渡河梁。舉兵所伐攻秦土。

孟冬十月多雪霜。隆寒道路誠難當。

陳兵未濟秦師降。諸侯怖懼皆恐惶。

聲傳海內威遠邦。稱霸穆桓齊楚莊。

天下安寧壽考長。悲去歸兮河無梁。

荀況《成相雜辭》〔註36〕

請成相。世之殃。

愚暗愚暗墮賢良。人主無賢。

如瞽無相何倀倀。請布基。

〔註34〕　逯欽立輯校：《先秦漢魏晉南北朝詩》，北京：中華書局，1983 年，第
　　　　　29 頁。

〔註35〕　逯欽立輯校：《先秦漢魏晉南北朝詩》，北京：中華書局，1983 年，第
　　　　　31～32 頁。

〔註36〕　逯欽立輯校：《先秦漢魏晉南北朝詩》，北京：中華書局，1983 年，第
　　　　　52～55 頁。

慎聖人。愚而自專事不治。

主忌苟勝。群臣莫諫必逢災。

……

　　這些詩歌裏較早出現了七言詩句，而我們也注意到了在先秦詩歌中楚辭體句與七言句的雜用情況的存在。《河梁歌》開頭和結尾都是以「三兮三」的形式出現，而整體句式上保持了七字，與其他七言詩句組成了整齊的七言結構。在用韻上，也一韻貫之。先秦詩歌中楚歌體式也雜糅到了七言詩句中，而這也恰好可以解釋東漢張衡以「兮」字句作為《四愁詩》的開端，他以「兮」字句為結構性語句，達到整首詩的結構平衡。但這似乎並不能說明楚辭體句對於七言句式形成的影響，只能說明漢代文人在創作時，出於對楚辭的喜愛，而將楚辭體句與七言句放入同一篇詩中，而楚辭體句在詩中起到了抒情與調節篇章結構的作用。

　　兩漢的民間歌謠中，本書統計，其中出現七言句式的雜歌謠辭、民間諺語、鼓吹曲辭、相和歌辭一共 44 篇，其中共 30 篇歌謠諺語，14 篇辭。其中均無「兮」字句出現。至少說明在民間的七言句使用時，受楚歌或者楚辭的影響還是較少的。而民間文學是文人創作的土壤，文人出於自己的熱愛，而將楚辭體句引入詩中，出現了楚辭體與七言詩句的雜用，這樣就可以比較合理地解釋楚辭體句在七言詩中出現的情況了。

　　到了魏晉南北朝時代，曹丕的《燕歌行》使七言詩的創作達到了較高的水平。而後七言詩的文人創作熱情有了新的發展。

　　在這些七言詩已經擁有整齊的結構時，也有以楚辭體句入詩的作品。如傅玄《擬四愁時四首》、張載《擬四愁詩四首》。顯而易見，這兩部作品都是繼承了張衡的《四愁詩體式》。以「兮」字句為發起句，後皆用七言。每首詩都是以「我所思兮在……」為開始，四首詩保持著結構的一致性。

　　到了南朝謝靈運，他的《鞠歌行》則出現了七字楚辭體句與七言句構成一句的現象：

德不孤兮必有鄰，唱和之契冥相因。

譬如虯虎兮來風雲，亦如形聲影響陳。

心歡賞兮歲易淪，隱玉藏彩疇識真。

叔牙顯。夷吾親。郢既歿。匠寢斤。

覽古籍，信伊人，永言知己感良辰。〔註37〕

而北朝拓跋宏與群臣有《懸瓠方丈竹堂饗侍臣聯句》中也出現了類似的情況：

白日光天兮無不曜。江左一隅獨未照。

願從聖明兮登衡會。萬國馳誠混內外。

雲雷大振兮天門闢。率土來賓一正歷。

舜舞干戚兮天下歸。文德遠被莫不思。

皇風一鼓兮九地匝。戴日依天清六合。

遵彼汝墳兮昔化貞。未若今日道風明。

文王政教兮暉江沼。寧如大化光四表。〔註38〕

這種楚辭體句與七言句的混用，在整個魏晉南北朝詩中不多見，因此不能就此判斷七言詩句與楚辭體句就存在著繼承的關係。但是從這些詩中，可以看出詩人有意將七字楚辭體詩句或者八字楚辭體詩句與七言放在一起，形成句式結構的一致，這樣做大概是出於看到了楚辭體句式與七言句式結構的一致性，七字楚辭體句式與七言的字數相同，而八字楚辭體句則與七言存在著去虛字結構就一致的狀態，這裡的「兮」可以起到調節句子節奏，形成頓挫感、韻律感，讓我們看到七言詩在結構趨於整齊之前還存在著作家的諸多加工形式。

楚辭體句式與五言和七言或者其他雜言一起使用時，楚辭體詩句式在這樣混用的詩作中具有一定的功能。

〔註37〕逯欽立輯校：《先秦漢魏晉南北朝詩》，北京：中華書局，1983 年，第1152 頁。

〔註38〕逯欽立輯校：《先秦漢魏晉南北朝詩》，北京：中華書局，1983 年，第2200 頁。

　　首先，「兮」字句承擔了保持結構一致性的功能。如每一段首句為「兮」字句，或組詩中，每一首詩的第一句為「兮」字句。傅玄《歷九秋篇》，每隔四句七言詩句，就用一句「兮」字句，使「兮」字具有了區分段落結構的功能。

　　其次，「兮」字組成五字、七字，與五言、七言保持結構平衡。謝靈運《鞠歌行》中「德不孤兮必有鄰」，與下句「唱和之契冥相因」鮑照《與謝尚書莊三連句》「霞輝兮澗朗，日靜兮川澄。風輕桃欲開，露重蘭未勝。」

　　最後，「兮」字句對整首詩的內容進行分割，表示意思的轉折時，以「兮」字句的出現為標誌，而對應「兮」字句之間也存在著內容的對應。如傅玄《西長安行》，首句「所思兮何在，乃在西長安」，後面是兩句五言詩，承接所在西長安自己的生活狀態，而中間以「今我兮聞君，更有兮異心」，詩句內容上發生了轉折，說自己心緒的變化。

四、「亂辭」的楚辭體詩特色

　　亂辭在屈原作品有大量使用，其中：

　　　　《離騷》亂曰：已矣哉！國無人莫我知兮，又何懷乎故都！既莫足與為美政兮，吾將從彭咸之所居！

　　　　《哀郢》亂曰：曼余目以流觀兮，冀壹反之何時？鳥飛反故鄉兮，狐死必首丘。信非吾罪而棄逐兮，何日夜而忘之？

　　　　《抽思》亂曰：長瀨湍流，泝江潭兮。狂顧南行，聊以娛心兮。……

　　　　《懷沙》亂曰：浩浩沅、湘兮，分流汩兮。修路幽蔽兮，道遠忽兮。……

　　　　《悲回風》曰：吾怨往昔之所冀兮，悼來者之逖逖。浮江、淮而入海兮，從子胥而自適。……

　　　　《遠遊》有「重曰」及「曰」。

　　這些亂辭位於詩作末尾，以區別於正文的形式存在。屈原作品以後，亂辭除了以「亂曰」為標記，又有「重曰」「倡曰」「歌曰」「少歌曰」等形式。

　　後世的發展中，亂辭的稱呼是在變化著的，這在魏晉南北朝詩賦文中有著更多的體現。亂辭從漢代以後即在楚辭體作品中出現，但是無論是亂辭的稱呼還是在文作中的位置，都有了很大的變化。據蘇慧霜〔註39〕的統計，漢代的亂辭有「亂曰」「辭曰」「頌曰」「重曰」「系曰」「歌曰」「訊曰」等形式，而楚辭體作品中用到亂辭的有：用「亂曰」者有揚雄《甘泉賦》、張衡《溫泉賦》、班彪《北征賦》、王延壽《魯靈光殿賦》、劉轍《李夫人賦》；用「訊曰」的有賈誼《弔屈原賦》；用「辭曰」的有馬融《長笛賦》；用「系曰」的有張衡《思玄賦》；用「重曰」的有班婕妤《自悼賦》。

　　到了魏晉南北朝的楚辭體賦，有傳統的亂辭名稱，如：以「亂曰」為名的有曹植《蟬賦》、嵇康《琴賦》、左芬《離思賦》、陸雲《逸民賦》、江淹《江山之山賦》等，而以「重曰」為名的有阮籍《東平賦》、潘岳《寡婦賦》、江淹《扇上彩畫賦》、潘岳《哀永逝文》、拓跋宏《弔比干墓文》等，以「歌曰」為名的有謝莊《月賦》、江淹《去故鄉賦》、蕭綱《採蓮賦》、蕭繹《採蓮賦》等。除了這些，又出現了如曹植《登臺賦》「休矣美矣！」、潘岳《籍田賦》「頌曰」以及江淹《蓮花賦》「謠曰」的名稱。在亂辭名稱上的改變與延伸，可以看出文人在創作時，已將亂辭作為未完成之意的補充又申發之詞。

　　總體看來，亂辭通常位於作品的末篇，尤其是篇幅很長的楚辭體賦之後。

　　對於亂辭的句式結構，在《楚辭》中出現了四言、《橘頌》的「二二，三兮」，《離騷》的「三 X 二兮，三 X 二」以及《九歌》體的「三兮三」「三兮二」「二兮二」，但是隨著楚辭體句式的騷、散結合，亂辭

〔註39〕參見蘇慧霜：《騷體的發展與演變——從漢到唐的觀察》，臺北：文津出版社有限公司，2007 年。

也不再整齊。在此時的亂辭中,除了傳統的楚辭體句式,混合、並用的為大多數,還有一些加入了五言、七言句。如蕭綱《採蓮賦》,其中「歌曰」中雜入了五言句。蕭繹《採蓮賦》「歌曰」也是五言,而《蕩婦秋思賦》的「已矣哉」中有七言句的加入。

但總體看來,魏晉南北朝楚辭體賦的「亂辭」其實是楚辭體詩的一部分,首先從名稱上看來,較多文人直接以「歌」稱之。如謝莊《月賦》,先有「歌曰」,後又稱「歌曰」,即是兩個亂辭疊加使用,歌完又有歌。江淹《去故鄉賦》中也有先是「少歌曰後又有「重曰」,亂辭的使用已經不在拘泥於一種。嵇康《琴賦》最後有「歌曰」,後又有「亂曰」,顯然也是歌之又歌。

從亂辭的形式看來,如嵇康《琴賦》中:

歌曰:「凌扶搖兮憩瀛洲,要列子兮為好仇。餐沆瀣兮帶朝霞,眇翩翩兮薄天遊。齊萬物兮超自得,委性命兮任去留。激清響以赴會,何絃歌之綢繆」

亂曰:愔愔琴德,不可測兮。體清心遠,邈難極兮。良質美手,遇今世兮。紛綸翕響,冠眾藝兮。識音者希,孰能珍兮。能盡雅琴,唯至人兮。〔註40〕

謝莊《月賦》:

歌曰:美人邁兮音塵闕,隔千里兮共明月。臨風歎兮將焉歇,川路長兮不可越。〔註41〕

這些都是典型的詩歌體式。亂辭通常是情感的再度抒發,為了擴充或者豐富原本所表達的情感色彩,這是對楚辭體詩歌抒情性的加強演化。所以,從本質上說來,魏晉南北朝楚辭體賦中的「亂辭」,是具有楚辭體詩特色的,甚至可以說就是楚辭體詩。

〔註40〕 (清)嚴可均輯:《全上古三代秦漢三國六朝文》,北京:中華書局,1958 年,第 1320 頁。
〔註41〕 (清)嚴可均輯:《全上古三代秦漢三國六朝文》,北京:中華書局,1958 年,第 2625 頁。

第二節　漢末三國楚辭體詩創作

　　漢末三國時期，動盪的社會環境為楚騷的復歸提供了土壤。家國命運與個人命運和理想息息相關，亂世中的痛苦尤其深重。從建安到正始時期，文人們粉墨登場，各自譜寫不同特色的詩歌。漢末蔡琰唱一首《悲憤詩》，控訴的是家國和個人命運的慘痛；曹植的亂世慷慨悲歌又代表著建安文人的苦痛；正始時期，壓抑的政治和社會環境中，嵇康的憂憤難當。楚辭體詩的創作在這個時候是較為集中且有著較高水準的。

一、蔡琰《悲憤詩》中的發憤以抒情

　　蔡琰是漢末魏時期的女性文人，字文姬，又字昭姬，陳留圉人。關於蔡琰的記載，《後漢書・列女傳》中有《董祀妻傳》，其記載曰：

　　　　陳留董祀妻者，同郡蔡邕之女也。名琰，字文姬。博學有才辯，又妙於音律。適河東衛仲道，夫亡無子，歸寧於家。興平中，天下喪亂，文姬為胡騎所獲，沒於南匈奴左賢王。在胡中十二年，生二子。曹操素與邕善，痛其無嗣，乃遣使者以金璧贖之，而重嫁於祀。〔註42〕

　　蔡文姬一生坎坷，從這段記載中可以看出她在興平的命運與時代動盪的局勢密切相關。蔡文姬命運的轉折點是興平元年，即中平五年（194年），逢時局動亂，胡騎南下，沒於南匈奴左賢王。這段被擄經歷歷時十二年，後因曹操憐惜，重金贖回。蔡文姬父親蔡邕為漢代著名文人，她受父親影響，自小博覽群書，有才名。《後漢書》中還記載：

　　　　操因問曰：「聞夫人家，先多墳籍，猶能憶識之不？」文姬曰：「昔亡父賜書四千許卷，流離塗炭，罔有存者，今所誦憶裁四百餘篇耳。」操曰：「今當使十吏就夫人寫之。」文姬曰：「妾聞男女之別，禮不親授，乞給紙筆，真草唯命。」

〔註42〕（南朝）范曄撰，（唐）李賢等注：《後漢書》，北京：中華書局，1965年，第2800頁。

於是繕書送之，文無遺誤。後感傷亂離，追懷悲憤，作詩二
章。〔註43〕

蔡文姬受父親傳書四千餘卷，能誦憶四百餘篇，同時又作詩二章
傳世，文學水平極高。韓愈也曾說「中郎有女能傳業」，她的文學才能
很是了得。

蔡琰作品流傳的有五言《悲憤詩》以及楚辭體《悲憤詩》，另有《胡
笳十八拍》，但《胡笳十八拍》的作者有爭議，本人認為不一定為其所
作，故不討論。對於其五言和楚辭體的《悲憤詩》，也存有真偽的爭議。

如鄭振鐸認為五言《悲憤詩》為偽作，楚辭體《悲憤詩》為真；
余冠英則相反，認為五言為真，騷體為偽。張長弓、卜孝萱、蔡義江等
都認為這兩首詩均為後人偽作。〔註44〕本書以為《漢書》記載蔡琰「追
懷悲憤，作詩二章」，此二詩皆為蔡琰所作。

蔡琰楚辭體《悲憤詩》〔註45〕為：

嗟薄祐兮遭世患，宗族殄兮門戶單。身執略兮入西關，
歷險阻兮之羌蠻。山谷眇兮路曼曼，眷東顧兮但悲歎。冥當
寢兮不能安，饑當食兮不能餐，常流涕兮皆不乾，薄志節兮
念死難，雖茍活兮無形顏。惟彼方兮遠陽精，陰氣凝兮雪夏
零。沙漠壅兮塵冥冥，有草木兮春不榮。人似禽兮食臭腥，
言兜離兮狀窈停。歲聿暮兮時邁徵，夜悠長兮禁門扃。不能
寐兮起屏營，登胡殿兮臨廣庭。玄雲合兮翳月星，北風厲兮
肅泠泠。胡笳動兮邊馬鳴，孤雁歸兮聲嚶嚶。樂人興兮彈琴
箏，音相和兮悲且清。心吐思兮匈憤盈，欲舒氣兮恐彼驚，
含哀咽兮涕沾頸。家既迎兮當歸寧，臨長路兮捐所生。兒呼

〔註43〕（南朝）范曄撰，（唐）李賢等注：《後漢書》，北京：中華書局，1965
年，第2802頁。

〔註44〕轉引自躍進：《蔡文姬和她的作品》，信陽師範學院學報（哲學社會科
學版），2004年第1期。

〔註45〕逸欽立輯校：《先秦漢魏晉南北朝詩》，北京：中華書局，1983年，第
200～201頁。

母兮號失聲，我掩耳兮不忍聽。追持我兮走煢煢，頓復起兮
毀顏形。還顧之兮破人情，心怛絕兮死復生。

　　這篇與其五言《悲憤詩》大體相同，敘述自己被掠入塞後的經歷
和情感發展歷程。在這篇楚辭體詩中，蔡琰對邊塞風物的描寫尤為細
緻，「惟彼方兮遠陽精，陰氣凝兮雪夏零。沙漠壅兮塵冥冥，有草木兮
春不榮」，夏天飛雪的塞外之境寸草不不生，狂風一起，塵沙漫漫，生
活的艱苦可見。蔡文姬獨自零落在外，「心吐思兮匈憤盈，欲舒氣兮恐
彼驚，含哀咽兮涕沾頸」，句句含哀，處處落淚，楚辭體句式強烈的抒
情性，把蔡文姬的孤苦無依、思鄉情切的處境和心情表現的淋漓盡致。
最後母子分離的場景又是同樣的撕心裂肺「兒呼母兮號失聲，我掩耳
兮不忍聽。追持我兮走煢煢，頓復起兮毀顏形。還顧之兮破人情，心怛
絕兮死復生」，字字珠璣，擲地有聲，母子分別的傷痛讓讀者感同身受。

　　蔡文姬以楚辭體寫悲歌，與她熟讀經典，具有良好的文學修養有
關。她以楚辭體寫自身遭遇，是用這種形式抒發自身極痛苦的悲哀，又
是寫自身命運的坎坷與悲切。這種以反覆吟詠、循環往復的「兮」字
句，如泣如歌，表達這種情思再恰當不過。

二、曹植《九詠》中的自傷不遇

　　建安時代是一個風暴雨驟的時代，這樣一段交織著血與火、痛苦
與悲哀的歲月，又是英雄崛起的時代。在詩歌的創作上，建安詩壇繁
榮。曹氏父子以及孔融、陳琳、王粲、徐幹、阮瑀、應瑒、劉楨七子為
主的文人們，形成了俊才雲集的鄴下文人集團。五言詩創作雲蒸霞蔚，
成為這個時候詩歌創作的主要體裁。

　　建安詩歌較為真實全面地反映社會現實，詩人們記錄滿目瘡痍的
社會景象，並抒發出慷慨激昂的理想之歌，這與兩漢的頌揚帝王宮廷
生活的詩歌不同，更有著這個時代的感傷特色。除了時代之詠歎，還有
對人生悲涼境遇的悲歌，社會災難帶給個人的往往也是難以磨滅的痛
苦。對國家和個人命運的關注是這個時代的主流，建安文人在這種環

境中，更容易對有著強烈悲憤抒情懷的屈原有著認同感。個人理想和政治環境帶來的衝突背離，是產生痛苦的土壤，個人命運與國家命運的飄蕩是生活不安和感傷情緒的來源。痛苦的時代產生偉大的藝術，亂世中的慷慨悲歌更淒切動人。

建安文人「憐風月，狎池苑，述恩榮，敘酣宴，慷慨以任氣，磊落以使才。」〔註 46〕曹植作為建安文人中文學成就極高者，在楚辭體詩的創作方面較之其他作家，相對多一些，如他的《離友詩》《歌》《遙逝》《九詠》等。

他有短詩《遙逝》〔註 47〕寫秋哀：「哀秋氣之可悲兮，涼風蕭其嚴屬。神龍盤於重泉兮，騰蛇蟄於幽穴。」秋氣蕭殺，極盡悲情，楚辭體的運用使得秋氣蕭索的感覺更加明顯，景物幽深創造的哀怨隱隱浮現。

他有《離友詩》〔註 48〕，寫朋友分別時的感傷情懷，也是哀婉動人。

> 王旅旋兮背故鄉。彼君子兮篤人綱。媵余行兮歸朔方。
> 馳原隰兮尋舊疆。車載奔兮馬繁驤。涉浮濟兮泛輕航。迄魏
> 都兮息蘭房。展宴好兮惟樂康。

> 涼風蕭兮白露滋。木感氣兮條葉辭。臨濊水兮登崇基。
> 折秋華兮採靈芝。尋永歸兮贈所思。感離隔兮會無期。伊鬱
> 悒兮情不怡。日匿影兮天微陰。經迴路兮造北林。

曹植還擬作《橘賦》《遠遊篇》，都是表達不為所用的痛苦，理想不得實現的悲苦心情。其中，以「三兮二」和雜言體句式寫成的《九詠》〔註 49〕，也是出眾的擬騷之作。此篇與他的《九愁賦》不同，這

〔註46〕 （南朝梁）劉勰著，范文瀾注：《文心雕龍注》，北京：人民文學出版社，1958 年，第 66 頁。

〔註47〕 （清）嚴可均輯：《全上古三代秦漢三國六朝文》，北京：中華書局，1958 年，第 1131 頁。

〔註48〕 逯欽立輯校：《先秦漢魏晉南北朝詩》，北京：中華書局，1983 年，第460～461 頁。

〔註49〕 （清）嚴可均輯：《全上古三代秦漢三國六朝文》，北京：中華書局，1958 年，第 1131 頁。

是一篇融合和諸多屈作風格而又帶著濃厚不遇之情的擬作。

《九詠》其辭為：

> 芙蓉車兮桂衡，結萍蓋兮翠旌。駟蒼虯兮翼轂，駕陵魚
> 兮驂鯨。茵蔫兮芷席，蕙幬兮荃床。……

> 臨回風兮浮漢渚，目牽牛兮眺織女。交有際兮會有期，
> 嗟痛吾兮來不時。來無見兮逝無聞，泣下雨兮歎成雲。先後
> 悔其靡及，冀後王之一寤。猶搦轡而繁策，馳覆車之危路。
> 群乘舟而無楫，將何川而能渡。何世俗之蒙昧，俾邦國之未
> 靜。任椒蘭其望治，由倒裳而求領。尋湘漢之長流，採芳岸
> 之靈芝。遇游女於水裔，探菱華而結辭。野蕭條以極望，曠
> 千里以無人。民生期於必死，何自苦以終身。寧作清水之污
> 泥，不為濁路之飛塵。

> ……

《九詠》現今已不全，流傳下來的則錯簡嚴重。但從這些殘存的詞句中，可觀曹植擬騷的另一特色。他融合了《九歌》與《九歎》之特色。九體本是強烈的抒情，與《九歌》之祭祀特色並無關聯，而曹植《九歎》則是完全模擬《九歌》中的巫師，他用香草來裝飾祭祀的神壇，等待神靈的到來。而在「交有際兮會有期，嗟痛吾兮來不時」之後，神靈離開，巫師陷入了傷感。

似乎沒有見到神靈或者覺得聚會的時間太短暫，因此感到十分傷痛。此篇中包含著屈騷的諸多元素，香草美人的象徵，以及有時不我與的感傷，如「嗟痛吾兮來不時，來無見兮逝無聞。」更重要的還有「先後悔其靡及‧冀後王之一悟」，對君王不悟的痛心和期許。

其中，「民生期於必死，何自苦以終身！寧作清水之沉泥，不為濁路之飛塵」，這裡可謂句句詠屈，又在句句自傷。這幾句又有可能是《九愁賦》詩句錯簡至此，清代文人丁晏評說到：「楚騷之遺、風人之旨。託體楚騷，而同姓見疏，其志同其怨亦同也。文辭淒咽深婉，何減靈

均。」〔註50〕曹植作品中帶有濃厚的感傷色彩，政治壓迫下的苦悶和個人意志不得抒發的悲涼處處彌漫，騷怨的延續在曹植身上得以真切地延續。

三、嵇康《思親詩》中的託喻寄悲

魏晉之際的正始時期，雖然在年號上只有魏廢帝曹芳所在的九年（240～248 年），在詩歌的歷程中，這一時期要延續更長。這個時期，曹魏和司馬氏兩大政權處於不斷地衝突與較量中。生活在這段時期的文人，大多表現著政治上不能自主、生活中受到壓抑的狀態。曹魏末年，司馬氏集團一方面弒君篡位，一方面排除異己，何晏、夏侯玄、嵇康接連被殺。司馬氏的殘酷統治導致文人士大夫階層噤若寒蟬不敢言語，轉而投向老莊哲學，在玄虛隱逸中尋找歸宿以求苟安。

正始時期玄學蔚然成風，《晉書‧王衍傳》中記載「魏正始中，何晏、王弼等祖述《老》《莊》立論，以為天地萬物，皆以無為為本，無也者，開物成務，不往不存者也。」託辭於老莊，闡釋「無」與「道」，談玄論虛成為一時之風氣。談玄之風中，玄言詩成為詩歌創作中的主流，表達文人消極遁世、脫離現實的思潮。正始時期以竹林七賢為代表文人團體，其中更以嵇康、阮籍才名於世。如阮籍《詠懷》五言詩八十二首，四言《詠懷》十三首，這些詩歌寫阮籍孤憤、悲涼的心境，抨擊虛偽、敗壞的社會。嵇康有詩五十多首，大多為四言，也有部分五言。所以這個時期的楚辭體詩的創作是較為稀少的。

究其原因，五言詩為此時詩歌之盛，一種文學形式的流行，對比之下，另一種形式定然式微。楚辭體經歷建安時期，詩歌創作已經走向了衰弱，楚辭體原本的民歌色彩逐漸不能全面豐富地表達文人作家的心情和描摹此時的環境，體式的不適合性更為突顯。

另外，談玄論虛的社會風氣和思潮，在文學創作上也追求沖淡簡明

〔註50〕 （魏）曹植撰，丁晏纂，葉菊生校訂：《曹集銓評》，文學古籍刊行社，1957 年版，第 10 頁。

的風格，楚辭體的迴旋反覆吟詠，是不利於表達玄思，體現幽深的哲學風格。從這一點來看，楚辭體詩歌創作是不符合這個時代的整體需求的。

　　但即使如此，也有作家在表達悲思、抒發傷情的時候，自覺地採用楚辭體，力求在使用上追慕高古。

　　嵇康是正始時期的代表文人，他也是一位任誕之人，濟世之志不得實現，瞬息萬變的政局又令他眩暈，服藥、彈琴、縱情於山水，雖是外形不羈狂放，而內心痛苦不堪。如此的社會環境，又加上他的母親、兄弟紛紛離世，內心苦楚可以得見。一首《思親詩》〔註51〕，於楚辭體形式作成，典型的「三兮三」楚辭體詩句型，音調徐緩，一唱三歎，不甚哀痛。

　　其《思親詩》曰：

　　　　奈何愁兮愁無聊。恒惻惻兮心若抽。愁奈何兮悲思多。
　　情鬱結兮不可化。

　　　　奄失恃兮孤煢煢。內自悼兮啼失聲。思報德兮邈已絕。
　　感鞠育兮情割裂。

　　　　嗟母兄兮永潛藏。想形容兮內摧傷。感陽春兮思茲親。
　　欲一見兮路無因。

　　　　望南山兮發哀歎。感機杖兮涕汍瀾。念疇昔兮母兄在。
　　心逸豫兮壽四海。

　　　　忽已逝兮不可追。心窮約兮但有悲。上空堂兮廓無依。
　　睹遺物兮心崩摧。

　　　　中夜悲兮當告誰。獨收淚兮抱哀慼。日遠邁兮思予心。
　　戀所生兮淚流襟。

　　　　慈母沒兮誰與驕。顧自憐兮心忉忉。訴蒼天兮天不聞。
　　淚如雨兮歎成雲。

　　　　欲棄憂兮尋復來。痛殷殷兮不可裁。

〔註51〕　逯欽立輯校：《先秦漢魏晉南北朝詩》，北京：中華書局，1983 年，第490～491 頁。

鍾嶸《詩品》將嵇康之詩列為中品，評論曰：「頗似魏文，過為峻切，訐直露才，傷淵雅之致。然託喻清遠，良有鑒裁，亦未失高流矣。」〔註52〕他的峻切與清遠是其詩歌境界之高的體現。

　　淒慘悲切的基調從一開始就奠定，而後描摹自己失去親人後孤苦無依、啼哭失聲的狀態，念及無法報答親人的養育之恩，心如同被分剝割裂，這種難受之狀令讀者心痛不已。嵇康對自己母親和兄長的感情極為深厚，在他作品中多次提及。其中《憂憤詩》寫到「母兄鞠育，有慈無威，恃愛肆姐，不訓不師」，敘述他有賴慈母、仁兄養育，感情真摯。而今母、兄逝世，情感格外疾痛慘怛。「慈母沒兮誰與驕，顧自憐兮心切切」，嵇康曾在《與山巨源絕交書》中說到「母兄見驕，不涉經學」，因為母兄的嬌寵，他才有了離經叛道的性格，而眼前，母兄已去，誰還能給他以依靠？這種人生境地，即是失去親人的孤獨感，也是政治生活中孤苦無依的感覺。嵇康早年也有建功立業的抱負，然而他的信念跟政治現實總是格格不入，從自身到社會，從家庭到國家，一切痛苦都不斷湧來。雖然他以玄理自我開解，縱情山水，營造閒靜自樂的心境，而痛苦卻在詩文中不斷跳出。

第三節　兩晉南北朝楚辭體詩創作

　　兩晉南北朝時期的楚辭體詩創作式微。五言詩的繁榮和七言詩的興起使得楚辭體詩的生存空間縮小，社會環境漸漸穩定，文人們陷入了虛淡的創作追求之中，飽含憂憤的楚辭體詩不再成為主流。但是，仍舊出現了傅玄、夏侯湛以及江淹這樣主動模擬楚辭，抒發楚騷情感的文人。他們以個人運命為出發點，對時代和社會有著自己更深刻的體會。

一、傅玄的擬樂府楚歌

　　公元 265 年，自司馬炎代魏自立，建立晉朝，公元 316 年西晉滅

〔註52〕　（梁）鍾嶸著，曹旭集注：《詩品集注》，上海：上海古籍出版社，1994年，第 210 頁。

亡。西晉太康年間經歷了一段較為穩定的政治局面，呈現一派歌舞升平。然自 290 年晉武帝死後，政治局勢大亂，隨之而來八王之亂將社會帶入更加混亂的境地。西晉的文學在社會的穩定中再度煥發光彩，詩壇也出現了如鍾嶸所說的「太康中，三張、二陸、兩潘、一左，勃爾復興，踵武前王，風流未沫，亦文章之中興也。」太康中興的詩人有「二十四友」之多，他們潛心創作，歌頌國家之和平。但整體看來，太康詩人偏重五言詩的創作，崇尚內容的虛淡，同時也導致了詩歌內容空洞與情感的貧乏，與建安慷慨任氣、反映社會現實的傳統完全不同。此時崇尚雕琢與藻飾，專攻排偶與對仗，對南朝新體詩有開啟的作用。但與「二十四友」不同的是，傅玄和夏侯湛留下了較多有意識地模擬楚辭的詩體作品，是兩位突出的楚辭體詩作家。

　　傅玄，字休奕，北地郡泥陽（今陝西耀縣東南）人。他是西晉初年的文學家、思想家。傅玄博學多才，善文且通音律，《晉書》有《傅玄傳》。傅玄主要生活在魏晉之交，特殊的動盪時期，對他個人的思想與情感定不同於太平時期太康文人。傅玄流傳下來的詩有 130 多首，其中有 88 篇為擬樂府詩。傅玄的樂府詩歷來也受到重視，有古質厚樸的敘事詩，也有清新婉麗的抒情詩。他也善於描摹女性，寫思婦心理，都有哀婉動人之處。這部分敘述愛情、表達傷逝與理想的擬樂府詩中也多有以楚辭體寫成的。他的這部分楚辭體詩也都感情豐沛，於擬古中顯其獨特神韻。傅玄有《歷九秋篇》《吳楚歌》《西長安行》《車遙遙篇》《昔思君》《歌》等近十篇以楚辭體寫成的詩，屬於兩晉時候作品較多的作家。《車遙遙篇》〔註53〕曰：

　　　　車遙遙兮馬洋洋。追思君兮不可忘。君安遊兮西入秦。
　　　　願為影兮隨君身。君在陰兮影不見。君依光兮妾所願。

　　這首愛情詩中車馬遠去，愛人漸漸離開，詩人神情地癡望，帶著美好時光消失不再來的悲涼，其中有心酸與苦楚，但仍舊願遠去之人

〔註53〕逯欽立輯校：《先秦漢魏晉南北朝詩》，北京：中華書局，1983 年，第565 頁。

能永沐日光的照耀。清人張玉穀評到：「亦賦閨情也。前四追敘別景，正述離懷，猶是夫人能道。妙在後二竟接影字，懼其在陰而不得隨，願其依光而得長隨，反覆模擬以搖曳之，真傳得一片癡情出。」〔註54〕

除了描寫愛情，傅玄還有寫對女子的同情之作，《昔思君》〔註55〕，他以楚辭體詩寫成：

> 昔君與我兮形影潛結。今君與我兮雲飛雨絕。
> 昔君與我兮音響相和。今君與我兮落葉去柯。
> 昔君與我兮金石無虧。今君與我兮星滅光離。

這是一首出婦詩。女子通過今昔的對比，反映出丈夫之決絕，更顯示其悲慘情境。「雲飛雨絕」「落葉去柯」「星滅光離」，這是在夫權統治的時代婦女被主宰被支配被拋棄後的悲慘命運。這首《昔思君》句式工整，皆以「昔君與我兮」和「今君與我兮」為對照，反襯出哀傷之情。

出婦的命運是帶著極其哀怨色彩的，而以楚辭體寫成，將哀怨楚騷傳統賦予了其本身的內容之中，出婦的悲情愁緒，都與楚辭體濃厚的抒情特色結合，更在細緻哀婉的描述中震動人心。《西長安行》〔註56〕：

> 所思兮何在，乃在西長安。
> 何用存問妾，香橙雙珠環。
> 何用重存問，羽爵翠琅玕。
> 今我兮聞君，更有兮異心。
> 香亦不可燒，環亦不可沈。
> 香燒日有歇，環沈日自深。

被遺棄婦女的悲慟與無可奈何表現出來，那種期待男子迴心轉意的幻想也令人痛惜。傅玄善於抓住細微的情感，表現女性的悲傷無奈，

〔註54〕 （清）張玉穀：《古詩賞析卷十　續修四庫手抄本》，上海：上海古籍出版社，2002 年。

〔註55〕 逯欽立輯校：《先秦漢魏晉南北朝詩》，北京：中華書局，1983 年，第565 頁。

〔註56〕 逯欽立輯校：《先秦漢魏晉南北朝詩》，北京：中華書局，1983 年，第564 頁。

技法高超。從建安至兩晉，這類題材雖無大量存在，但對普通婦女命運的關注逐漸多了起來，以楚辭體寫就，其中的哀怨之情則更為直接地抒發出來。

當然，還有《吳楚歌》〔註57〕「燕人美兮趙女佳。其室則邇兮限層崖。雲為車兮風為馬。玉在山兮蘭在野。雲無期兮風有止。思多端兮誰能理。」這樣帶有神女氣息的美人之歌。這樣的詩作則能更明顯地看出，楚辭中的神女題材對他的影響。這裡面的佳人美女，既有現實中的姓和籍貫，但又有著類似神女的上天入地，雲車風馬的玄幻之行，顯然是現實和神女描寫的傳統結合。

傅玄的楚辭體詩語言清麗，體式精緻，描摹情感細膩，表達人物的心理變化都生動合理，並且種種複雜情感都隱隱藏於短短的詩篇中，為西晉時期楚辭體詩創作的高手。在描寫景物方面，如他的《雷歌》「驚雷奮兮震萬里。威陵宇宙兮動四海。六合不維兮誰能理。」也有著勢不可擋的氣勢，威振宇宙。但此時，楚騷的諸多明顯的特徵已經逐漸消淡，楚辭體的情感指向漸漸世俗化，不再有那種寄託理想的女性化身，也不會有哀怨悲憤的長歌當哭，情感含蓄地表達，已然不復有屈原的澎湃。而楚辭體詩的創作已經不再刻意為之，而是將楚地民歌的清麗明快之感繼承，具有了沖淡之美。

西晉還有一位善於用楚辭體創作的文人，即夏侯湛。

二、夏侯湛對楚辭繼承中的創新

夏侯湛，字孝若，譙國譙人（今安徽亳縣人）。生於公元 243 年，卒於 291 年，是西晉初期的作家。他的曾祖夏侯淵，曾追隨曹操，為著名的將領。夏侯家族在曹魏時代興盛，至於西晉時期，家道已經中落。又加之司馬氏對曹魏家族親信的打壓，其為官出仕皆頗多阻礙。

《晉書》有《夏侯湛列傳》。夏侯湛「幼有盛才，文章宏富，善構

〔註57〕 逯欽立輯校：《先秦漢魏晉南北朝詩》，北京：中華書局，1983 年，第562 頁。

新詞」〔註 58〕。他少年有才學，文采斐然。後舉賢良方正，對策中第，辟為郎中，之後累年不調。後補為太子舍人，轉尚書郎，又被貶官，外放為野王令。〔註 59〕

對於夏侯湛的文學才能，《全晉文》中收錄有山濤「山公啟事」，其中評價夏侯湛為：「皇太子東宮多用雜材為官屬，宜令純取清德。太子舍人夏侯湛，字孝若，有盛德，而不長治民，有益臺閣。」〔註 60〕他「著論三十餘篇，別為一家之言。」〔註 61〕他雖然有盛德與盛才，但政治道路上是一生鬱鬱不得志的。

夏侯湛流傳下來的詩不過十首，其中有七首為楚辭體詩，為《春可樂》《秋可哀》《秋夕哀》《長夜謠》《山路吟》《離親詠》《江山泛歌》與《征邁辭》。

夏侯湛的楚辭體詩，使得楚辭體的創作進入了一個新的境地。他善於描寫山水、四時風物，並借景抒情寫人生的別離之感，抒發歲月短促之歎。他的抒情寫意體物詩，清新動人。

首先，《春可樂》《秋可哀》《秋夕哀》《長夜謠》這是一組吟詠時序節候的詩。

夏侯湛《春可樂》〔註 62〕云：

> 春可樂兮，樂東作之良時。嘉新田之啟萊，悅中疇之發
> 菑。桑冉冉以奮條，麥遂遂以揚秀。澤苗黳渚，原卉耀阜。

> 春可樂兮，樂崇陸之可娛。登夷岡以迴眺兮，超矯駕乎

〔註 58〕（唐）房玄齡等：《晉書》（卷五五），北京：中華書局，1974 年，第 1491 頁。

〔註 59〕（唐）房玄齡等：《晉書》（卷五五），北京：中華書局，1974 年，第 1496 頁。

〔註 60〕（清）嚴可均輯：《全上古三代秦漢三國六朝文》，北京：中華書局，1958 年，第 1654 頁。

〔註 61〕（唐）房玄齡等：《晉書》（卷五五），北京：中華書局，1974 年，第 1499 頁。

〔註 62〕（清）嚴可均輯：《全上古三代秦漢三國六朝文》，北京：中華書局，1958 年，第 1852 頁。

山隅。綴雜華以為蓋，集繁蕤以飾裳。散風衣之馥氣，納戚
懷之潛芳。鸚交交以弄音，翠翾翾以輕翔。招君子以偕樂，
攜淑人以微行。進櫻桃於玉盤。

　　春是耕作的良時，是植物抽條萌發，繁蕤盛開的時節，這樣的節
氣裏，「招君子以偕樂，攜淑人以微行」體現了詩人在情志上的追求，
與君子、淑人共享嘉景，才不負春色。與悲秋題材的形成過程相似，見
葉落而傷悲，見萬物萌發而心生喜悅，以節氣的特徵來抒發不同的情
感，不僅是自己心緒的直觀抒發，同時其中也寄予了許多內涵情感，如
山川田園之樂，與君子、淑人偕游之樂。

　　夏侯湛的《春可樂》之詠，對後來的王異是有著啟發意義的。王
異也有《春可樂》〔註63〕篇，「春可樂兮。樂孟月之初陽。冰泮渙以微
流。土冒橛而解剛。野暉赫以揮綠。山蔥倩以髮蒼。吉辰兮上戊，明靈
兮唯社。百室兮必集，祈祭兮樹下。濯茆兮菹韭，齒蒜兮擗鮓。……上
禊兮三巳，臨川兮蕩飲。迴波兮曲沼，夾岸兮道渠。若乃良辰三祖。祈
始吉元。華壇峻□。羽蓋幢幡。」這樣孟春的萬象更新，體現的是一派
神清氣爽之景，萬物萌發，心神已動，與夏侯湛的詩一樣，體現了熱情
洋溢的歡歌，是春這個意象帶來的活躍氣氛，詩中無不透露出情緒的
高昂。

　　夏侯湛的《春可樂》是與其哀秋成比對的。悲秋意象是不遇、哀
怨的代表，而樂春則是君子、淑人的美好情感的寄託。明快與蕭條景象
的對比，更能給人以時光飛逝、人生倏忽之感。夏侯湛作有《秋可哀》
〔註64〕與《秋夕哀》〔註65〕。

　　他的《秋夕哀》道：

〔註63〕　（清）嚴可均輯：《全上古三代秦漢三國六朝文》，北京：中華書局，
　　　　　1958 年，第 1571 頁。
〔註64〕　（清）嚴可均輯：《全上古三代秦漢三國六朝文》，北京：中華書局，
　　　　　1958 年，第 1853 頁。
〔註65〕　（清）嚴可均輯：《全上古三代秦漢三國六朝文》，北京：中華書局，
　　　　　1958 年，第 1853 頁。

> 秋夕兮遙長，哀心兮永傷。結帷兮中宇，屣履兮閒房。
> 聽蟋蟀之潛鳴，睹雲雁之雲翔。尋修廡之飛簷，覽明月之流
> 光。木蕭蕭以被風，階縞縞以受霜。玉機兮環轉，四運兮驟
> 遷。銜恤兮迄今，忽將兮涉年。日往兮哀深，歲暮兮思繁。

同樣的主題，他嗟歎的是秋思愁緒，他哀秋日的蕭條，哀新事物的陳舊荒蕪，哀夜之漫長，情愴愴以含傷。生命無常，秋是荒草曼曼，愁緒滿腸。悲秋源自於審美中「怨」的意象，孔子論《詩》說「詩可以興，可以觀，可以群，可以怨。」欣賞命運之悲，感受自然之悲，這種欣賞悲劇式的基調成也為了悲秋文學發展的源泉。屈原《離騷》有「惟草木之零落兮，恐美人之遲暮。」《湘夫人》有：「嫋嫋兮秋風，洞庭波兮木葉下。」《湘君》《抽思》《涉江》《悲回風》中，無不籠罩著悲秋之感，再到宋玉的《九辯》，「悲哉秋之為氣也，蕭瑟兮草木搖落而變衰。」宋玉抒發歲月之悲，籍秋天萬物凋零的蕭索表達時光催人老的哀歎，也有自我價值在有限的生命中未能實現的歎息。宋玉之《九辯》更加突出地表達出悲愁與憂憤，或者是更集中在「秋」上，哀怨、淒怨，是自身困頓和對政局不滿的雙重表達。夏侯湛的悲愁也延續了這一傳統，季節的變換與蟋蟀命運的輪迴，讓人看到死亡，並產生人生短促的感慨和喟歎。從這一點來說，從屈宋到建安文人，再到西晉的夏侯湛，這一主題的呈現是明晰的。

然後是夏侯湛抒寫離愁別緒的詩作，如《長夜謠》《山路吟》《離親詠》《江山泛歌》與《征邁辭》。《離親詠》〔註66〕詩曰：

> 剖符兮南荊，辭親兮遐征。發軔兮皇京，夕臻兮泉亭。
> 撫首兮內顧，案轡兮安步。仰戀兮後塗，俯歎兮前路。既感
> 物以永思兮，且歸身乎懷抱。苟違親以從利兮，匪曾閔之攸
> 寶。視微榮之瑣瑣兮，知吾志之愈小。獨申愧於一心兮，慚
> 報德之彌少。

〔註66〕（清）嚴可均輯：《全上古三代秦漢三國六朝文》，北京：中華書局，1958 年，第 1853 頁。

　　寫的是出征的將士離開親人遠征去打仗。其中對於親人的思念寫的極其生動，「撫首兮內顧，案彎兮安步。仰戀兮後塗，俯歎兮前路」，形態和動作都透露著這位將士的不捨和怨歎，回憶與家人分別的場景，傷痛不已，看看前面的路程，更是困難艱險。他的《征邁辭》「上伊闕兮臨川，拊駿馬兮授鞍。中衢兮載歎，斂鞭兮盤桓」〔註 67〕也展現了類似的場景。隨後，還是抒發了鄙薄功利、輕視維榮的志向，同時還有那邰能竭力照顧親人的愧疚之情，「獨申愧於一心兮，慚報德之彌少」，能報答父母恩情的機會實在太少，雖然可能去建功立業，但是功名榮利又算什麼呢？

　　渴望和家人團聚的情感在這則短短的楚辭體詩中體現了出來。詩中離親、思親、愧親的情感，層層遞進，楚辭體句的靈活運用形成情感的起伏跌宕，令人深思並產生共鳴。他的《江上泛歌》「悠悠兮遠征，倏倏兮暨南荊。南荊兮臨長江，臨長江兮討不庭。江水兮浩浩，長流兮萬里。洪浪兮雲轉，陽侯兮奔起。驚翼兮垂天，鯨魚兮嶽跱。虈蕪紛兮被皋陸，修竹鬱兮翳崖趾。望江之南兮邈目桂林，桂林翁鬱兮鶤雞揚音。凌波兮願濟，舟楫不具兮江水深沉。嗟回盼於北夏，何歸軫之難尋」，這樣的句子也如同《離親詠》一樣，描寫江邊風景，看江水浩蕩，引無限的懷鄉之思，繪景生動，抒情自然。

　　夏侯湛是一位有意學習《楚辭》的作家。他大部分詩作都以楚辭體完成，這在當時五言為主流的詩壇上是相當少見的。

　　從其經歷上來說，他一生壯志難酬，仕宦經歷十分坎坷。他二十歲為太尉掾；二十六歲舉賢良，對策中郎，拜郎中；三十歲補太子舍人；三十六歲轉尚書郎。此時他的仕宦經歷似乎一路暢順，但實則是淡出權力中心的，後來受惠於齊王司馬攸，看似有了起色，但司馬攸失勢之後，他又受牽連被貶外放。在夏侯湛在居野多年之後，又有過兩次擢升，但都是閒職散官。直至其 48 歲，即公元 290 年，他出任散騎常侍，

〔註67〕　（清）嚴可均輯：《全上古三代秦漢三國六朝文》，北京：中華書局，1958 年，第 1853 頁。

這是他出任過的最具權力的職位，也是一個「顯職」，後來人們也常常以「夏侯常侍」來稱呼夏侯湛。但是同年，夏侯湛即病逝。他出仕做官的 28 年間，起起落落。這樣的經歷對於一個渴望出仕做官並懷有政治理想的人來說，定然是鬱悶不得志的。他雖然並無屈原的痛苦悲憤，但是他的壓抑和沉悶也可以得見。夏侯湛以楚辭體作詩，抒哀情，寓於自然之景，也是出於對屈原及《楚辭》的認同。

另外還值得關注的是，夏侯湛並未列入「二十四友」詩人之列，這和他不願意依附賈謐集團有關。與夏侯湛交往較密切的文人有潘岳。《晉書·夏侯湛傳》記載：「湛幼有盛才，文章宏富，善構新詞，而美容觀，與潘岳友善，每行止同輿接茵，京都謂之『連璧』」〔註68〕在《世說新語·容止》裏也有記載：「潘安仁、夏侯湛並，有美容，喜同行，時人謂之『連璧』。」〔註69〕兩人關係密切，且都富有文采。潘岳是一位善用楚辭體作賦的文人，他的悼亡賦基本都以楚辭體為之，二人在文學上風格相似，相互影響未為可知。

夏侯湛作為兩晉時期較為成熟的楚辭體文人，他不僅詩中大量模擬，賦中也大量創作，其楚辭體賦的創作在第五章論述。

三、江淹楚辭體詩的佛教思想特色

永嘉南渡之後，琅琊王司馬睿進駐建鄴，在士族的擁戴下建立了東晉政權。這個偏安一隅的小朝廷始終在各種矛盾中風雨飄搖。受到儒學、玄學、道教、佛家等諸多思潮的共同作用，東晉詩壇變為「理過其辭，淡乎寡味」。玄風彌漫的詩壇，五言詩仍舊盛行。山水清音，閒情華綺的詩壇也出現了湛方生《懷歸謠》《秋夜》、何瑾《悲秋夜》這樣的楚辭體詩，但是無論從數量還是質量，都未成氣候。直至南朝梁代的江淹，楚辭體詩的創作出現了新的高潮。

〔註68〕（唐）房玄齡等：《晉書》（卷五五），北京：中華書局，1974 年，第1491 頁。

〔註69〕（南朝宋）劉義慶著、余嘉錫箋疏：《世說新語箋疏》，北京：中華書局，1983 年，第 719 頁。

　　自劉宋時期，江南成為人文薈萃之所，長江之隔，南方的政治環境相對穩定，物質條件逐漸改善的情況下，南朝的文學創作也逐步走向新的發展。在劉宋時期，五言詩繁榮之後，七言詩進一步發展。山水詩派興起，謝靈運繪雋秀山水，他「尋山陟嶺，必造幽峻，巖嶂千重，莫不備盡」（《宋書》），開一代之文學。這一時期，楚辭體詩的創作仍舊處於低沉階段，謝靈運《鞠歌行》有楚辭體句的雜入，但主要以七言為主；謝莊也有《山夜幽吟》《懷園引》，楚辭體句式也只是作抒情之用。到了南朝後期，齊、梁、陳相繼更迭，王朝皆短促，但此時的文學呈現了一種繁榮的景象，詩壇尤甚。

　　《隋書・文苑傳》：「暨永明、天監之際，太和、天保之間，洛陽江左，文雅尤盛。學窮書圃，思極人文，縟彩鬱於雲霞，逸響振於金石。英華秀發，波瀾浩蕩，筆有餘力，詞無竭源。」這個時候詩人雲集，在整體詩風上又追求典雅和文飾，詩壇的雕琢之風盛行。

　　江淹，字文通，濟陽考城（今河南蘭考）人。他歷經宋、齊、梁三朝，為濟陽名門望族之後，但至於江淹一支，已經衰落。江淹一直出仕做官，在宋時，出任南徐州從事，後成為建平王幕僚，因事入獄。至於齊代，任職中書侍郎、秘書監、侍中。到了梁代，封高官厚祿，官至金紫光祿大夫，封醴陵伯。

　　《南史・江淹傳》記載了江淹的一生。他的人生可以分為前期與後期，前期可以說是最不幸的時候：十三歲父親去世，家道衰落；中年時候喪妻，他寫下了大量的悼亡妻的詩賦，有《悼室人十首》；後又幼子夭折，作《傷愛子賦》。同時，他的前期政治生活也不順利，在南朝宋時，他遭遇了人生影響最為巨大的貶謫，因為捲入宋皇室鬥爭，而最終失勢。這次貶謫對江淹的打擊較大，他的許多詩賦就是在這個階段寫下。鍾嶸記載他有「江淹才盡」的故事，其人生後期因官運暢通，便不再有佳作出現，也是其人生前後不同的反映了。

　　江淹有文學才能，是一位善於模擬的文學家。鍾嶸《詩品》稱其「文通詩體總雜，善於摹擬。」他有《雜體三十首》，模擬自漢到魏晉

南朝的二十九位作家作品，曹操、曹丕、曹植、謝靈運等等皆有學習。在模擬《楚辭》方面，他有大量的楚辭體賦，以及《構象臺》《訪道經》《鏡論語》《悅曲池》《愛遠山》《應謝主簿騷體》《劉僕射東山集學騷》《山中楚辭五首》《遂古篇並序》這樣的楚辭體詩歌作品。

王夫之《楚辭通釋》（卷三十三）中認為：「小山《招隱》而後，騷體中絕。有如《七諫》《哀時命》《九歎》《九懷》《九思》諸篇，俱不足附屈宋之清塵，論之詳矣。梁江淹共於擬似，與劉謝之徒，自謂學古制今，觸類而廣之。作《山中楚辭》，其用意幼眇，言有緒而不靡，特足以紹嗣餘風。余故刪漢人無病呻吟之剿說，而登江作。」〔註70〕王夫之認為江淹對《楚辭》的繼承好過漢人，可謂極其推崇。除卻楚辭體賦不論，在楚辭體詩的創作上，江淹的成就非凡。

首先，體現在他有意識地模擬楚辭體的創作上。

《山中楚辭五首》〔註71〕：

青春素景兮，白日出之藹藹。吾將弭節於江夏，見杜若之始大結，雕鱗以成車，懸雜羽而為蓋。草色綠而馬聲悲，欷沿袖以流帶。（一）

予將禮於太一，乃雄劍兮玉鉤。日華粲於芳閣，月金披於翠樓。舞燕趙之上色，激河淇之名謳。薦西海之異品，傾東嶽之庶羞。乘文魚兮錦質，要靈人兮中洲。（二）

入橘浦兮容與，心惝惘兮迷所識，視煙霞而一色。深秋窈以虧天，上列星之所極。桂之生兮山之巒，紛可愛兮柯團團。溪崎巇兮石架阻，珪甗甗兮木道寒。煙色閉兮喬木撓，嵐氣暗兮幽篁難。忌螻蛄之蚤吟，惜王孫之晚還。信於邑。兮白露，方夭病兮秋蘭。（三）

〔註70〕（明）王夫之：《楚辭通釋》，北京：中華書局，1959年，第168頁。
〔註71〕（清）嚴可均輯：《全上古三代秦漢三國六朝文》，北京：中華書局，1958年，第3150頁。

石篷篷兮蔽泉，雪疊纍兮薄樹。車蕭條兮山逼，舟容與兮水路。愍晨夜之摧挫，感春秋之欲暮。征夫輟而在傍，御者局而載顧。（四）

魂兮歸來，異方不可以親。蝮蛇九首，雄虺載鱗。炎穴一光，骨爛魂傷。玄狐曳尾，赤象為梁。至日歸來，無往此異方。（五）

這五首從內容上看來，都是對屈原作品如《離騷》《九歌》《九章》的模擬。詩中的意象皆是化用屈作而來，無論是「予將禮於太一，乃雄劍兮玉鉤」還是「魂兮歸來」的語句，都明顯帶有楚辭的痕跡。

同時，還有《遂古篇》〔註72〕這樣完全的模擬《天問》的長篇巨作，可謂從內容到形式，都是高度的學習。

聞之遂古，大火然兮。水亦溟涬，無涯邊兮。女媧煉石，補蒼天兮。共工所觸，不周山兮。河洛交戰，寧深淵兮。黃炎共鬥，涿鹿川兮。女岐九子，為氏先兮。蚩尤鑄兵，幾千年兮。……筆墨之暇，為此文兮。薄暮雷電，聊以忘憂，又示君兮。

他不僅刻意地去學習楚辭創作，還在日常的交遊唱和中，以楚辭體來完成。如《應謝主簿騷體》〔註73〕：「山櫳靜兮悲凝涼，澗軒掩兮酒涵霜。曾風激兮綠蘋斷，積石閉兮紫苔傷，芝原寂少色，筠庭黯無光。沐予冠於極浦，馳予佩兮江陽。弔秋冬之已暮，憂與憂兮不忘。使杜蘅可翦而棄，夫何貴於芬芳。」《劉僕射東山集學騷》〔註74〕：「含秋一顧，眇然山中。檀欒循石，便娟來風。木瑟瑟兮氣芬蒀，石戔戔兮水成文。摘江崖之素草，窺海岫之青雲。願芙蓉兮未晦，遵江波兮待君。」

〔註72〕（清）嚴可均輯：《全上古三代秦漢三國六朝文》，北京：中華書局，1958年，第3151～3152頁。

〔註73〕（清）嚴可均輯：《全上古三代秦漢三國六朝文》，北京：中華書局，1958年，第3150頁。

〔註74〕（清）嚴可均輯：《全上古三代秦漢三國六朝文》，北京：中華書局，1958年，第3150頁。

其次，是充滿著佛家思想的《雜三言五首》〔註75〕是江淹擬楚辭的一大突破。在這五首詩中，江淹的文體意識並沒有那麼清晰，他認為「三兮三」為雜三言，倒沒有直接以「騷體」或「擬楚辭」等來命名。這五首擬楚辭的詩作，都是工整的楚辭體詩句式，同時，這幾首詩極其鮮明地體現了佛教思想影響下的楚辭體創作。

《構象臺》為：

> 曰上妙兮道之精，道之精兮俗為名。名可宗兮聖風立，立聖風兮滋教生。寫經記兮寄圖剎，畫影像兮在丹青。起淨法兮出西海，流梵音兮至素溟。網紫宙兮洽萬品，冠璿宇兮濟群生。余汨阻兮至南國，跡已徂兮心未烏。立孤臺兮山岫，架半空兮江汀。累青杉於澗構，積紅石於林欞。雲八重兮七色，山十影兮九形。金燈兮江籬，環軒兮匝池。相思兮豫章，戴雪兮抱霜。栽異木而同秀，鍾雜草而一香。苔蘚生兮繞石戶，蓮花舒兮繡池梁。伊日月之寂寂，無人音與馬跡。耽禪情於雲遙，守息心於端石。永結意於鷲山，長憔悴而不惜。

象臺是指佛像，江淹立象臺，是他研修佛禪的表現。這篇詩寫了建造佛像的經過，並描寫了佛像的周遭環境，表達出佛家思想的清淨無爭。其中出現的諸多佛教用語給這首詩蒙上了較為玄遠的佛教哲思意味。「圖剎」「梵音」這樣帶著佛教標誌的意象，將佛像的特徵勾勒，同時「名可宗兮聖風立，立聖風兮滋教生」這樣詩句又把作者虔誠信佛，期待佛教發揚光大的心情寫了出來。這樣讚揚佛教、宣揚佛理的詩歌以楚辭體寫成，也頗有意味。《訪道經》《鏡論語》《悅曲池》《愛遠山》等詩作，也都表達了對佛教的讚揚，並宣揚了佛理，構成了一組較為特色的楚辭體詩。

另外，在其《遂古篇》中，有「迦維羅衛，道最尊兮。黃金之身，誰能原兮。恒星不見，頗可論兮。其說彬炳，多聖言兮。六合之內，心

〔註75〕 （清）嚴可均輯：《全上古三代秦漢三國六朝文》，北京：中華書局，1958 年，第 3150～3151 頁。

常渾兮。幽明詭性，令智昏兮」〔註76〕這幾句詩中，就寫了佛祖出生的佛經故事。迦維羅衛是古天竺的國名，也是釋迦牟尼的出生地。黃金之身，也是指佛祖。佛祖出生時候，「恒星不見」，這是預示著聖人將要出現，但他對「恒星不見」並不贊同，所以說「頗可論」。但江淹對佛理極其讚揚，說「其說彬炳」，說指佛法之說，多聖人之言。但是天下蒼生卻心中混沌，不分忠愚，「利令智昏」。據王大恒考證，江淹在這裡說到的「利令智昏」的人應當為建平王劉景素，他不聽勸諫，要興兵奪取王權。〔註77〕以佛法引出勸諫之事，既是他佛教思想的體現，也是他將佛家說理融入現實的寫作態度的體現。

江淹以楚辭體寫佛理的做法也並非南朝時期的特例，王融（466～493）《發願莊嚴篇頌》〔註78〕「心所期兮彼之岸，何事浮俗久淹逗。照慧日兮駕法雲，騰危城兮出塵館。芳珠燁兮聞歲時，寶樹颭兮警昏旦。清露搏甘永以挹，喜園流採常為玩。無待殷鼎方丈羞，安用秦箏纖指彈。勒誠款願長不渝，習苦塵勞從此捍。」其中也表達了對佛的虔誠與禮讚。這跟南朝佛教的盛行息息相關。

南朝的楚辭體創作以江淹為集大成者，在這個崇尚山水寫景狀物較為盛行的時代，自然也有一些文人以楚辭體寫作，將情感與自然搖曳共鳴，使文人的苦痛惆悵從自然中能得到展現，悲哀之情在景中觸發。

如王韶之《詠雪離合》：「霰先集兮雪霏霏，散輝素兮被詹庭，麴室寒兮朔風厲，川陸涸兮百籟鳴。」突出雪帶來的朔風寒意。

蕭繹《秋風搖落》〔註79〕：

〔註76〕（清）嚴可均輯：《全上古三代秦漢三國六朝文》，北京：中華書局，1958年，第3151～3152頁。
〔註77〕王大恒：《江淹文學創作研究》，東北師範大學，2007年博士論文。
〔註78〕（清）嚴可均輯：《全上古三代秦漢三國六朝文》，北京：中華書局，1958年，第2863頁。
〔註79〕（清）嚴可均輯：《全上古三代秦漢三國六朝文》，北京：中華書局，1958年，第3039頁。

秋風起兮寒雁歸，寒蟬鳴兮秋草腓。萍青兮水澈，葉落
兮林稀。翠為蓋兮玳為席，蘭為室兮金作扉。水周兮曲堂，
花交兮洞房。樹參差兮稍密，紫荷紛披兮疏且黃。雙飛兮翡
翠，並泳兮鴛鴦。神女雲兮初度雨，班妾扇兮始藏光。且淹
留兮日雲暮，對華燭兮歡未央。

描繪了秋的寒蟬寒雁，落葉樹影，景色描繪細緻，但悲涼氣氛較
弱。

南朝時期何瑾《悲秋夜》〔註80〕意境深遠：

欣莫欣兮春日。悲莫悲兮秋夜。伊秋夜之可悲。增沉懷
於遠情。歎授衣之豳詩。感蕭於宋生。天寥廓兮高寒。氣淒
肅兮屬清。燕沂陰兮歸飛。雁懷傷兮寒鳴。霜盈條兮璀璨。
露沾葉兮泠泠。

這些詩也都有著南朝特有的風格。當然，也有張纘《擬若有人兮》
〔註81〕這樣的直接模擬：「若有人兮傍岩石，新莆衣兮杜衡席。表幽居
兮翠微上，臨春風兮聯騁望。日已暮兮夕雲飛，懷君王兮未能歸。」模
擬《山鬼》而作詩，但到了南朝時，已經失去了更多玄幻色彩，而更多
的只是意象的直接化用而已。

〔註80〕　（清）嚴可均輯：《全上古三代秦漢三國六朝文》，北京：中華書局，
　　　　　1958 年，第 2267 頁。
〔註81〕　（清）嚴可均輯：《全上古三代秦漢三國六朝文》，北京：中華書局，
　　　　　1958 年，第 3333 頁。